拍片部　外掛拍片部
部長　　一哥

顧問　外掛造型師
小張　　鳳姐

U0047830

歡迎光臨

星球
丹妮婊姐

專屬於
二百五Loser的
心靈雞湯

給表弟妹的一封信

【作者序】

由於這本書，搞不好會賣給一些根本不認識我的人，所以我必須自我介紹一下，不然我怕你經過書店的時候，不小心卡陰買回家，但搞不懂我到底是哪個巨星，然後就拿去墊便當。

我是丹妮婊姐，原本在網路寫部落格，叫「丹妮婊姐星球」，因為巨星都會為自己粉絲取一個別稱，所以我就暱稱我的粉絲叫表弟表妹，這樣不但可以拉近我們彼此的距離，最重要的是，這樣排場才大啊哈哈哈！

這本書是獻給我親愛的表弟妹的。當然，也是要獻給不認識我的人，如果你們有任何不快樂，希望這本書可以讓你們逃離這世界一段小時間；至少打開書的時候，你是可以歡笑的。

為了寫自己出書的序，我還跑去翻了一些我書架上的書，完全就是回到以前大學做報告的心情。想說該不會可以每本都抄一點，這樣我的序就可以寫完了！但後來我良心發現了，我們做人不可以這麼下三

濫，因為每本書的序內容都相差太多，實在是有夠難抄，我還是自己乖乖寫好了。

　　當年國文聯考分數49.17的我本人，居然要出書了，我真的走到現在也無法理解這是怎麼一回事，我只好歸咎於各路神明暗戀我。

　　一年前（2014年）我簽合約的時候，死命跟編輯強調我一定要整整一年來寫！少一秒都不可以，我想說這樣我可以是驕傲的貓，優雅的把書寫完。

　　結果～一點都不優雅啊！因為我就是小丸子本人，寫書對我來說就是一個為期一年的暑假作業，我果不其然拖到開學前一天跳腳寫不完哈哈哈哈。

　　但我還是寫完了，這暑假好漫長，我真的天天等開學，也就是我截稿的那一天！

　　我認真想了很久，有關於這本書到底會有多重大的意義，可以改變人的一生嗎？還是帶給誰一些人生的啟發、充實心靈或是生命的發現等等。到底是什麼呢？

　　我繼續想來想去，我總算想出這本書最大的意義了！就是──讓我可以自稱為一個「作家」。哈哈哈有多唱秋！（婊姐辭典：台

語，囂張驕傲的意思。）

　　其實出這本書主要目的是，給表弟妹一個交代。我真的是為你們寫的，為什麼我可以如此理直氣壯的說是為了你們，而不是自己？喔因為台灣書很難賣，版稅很少，寫書有夠累啊哈哈哈哈！因為我又不是JK丹妮！

　　天啊編輯不要殺死我，我只是做人很老實而已。

　　早期一些比較元老的表弟妹，老是在網路留言問我，到底什麼時候要辦見面會？我都裝死，我想說到底是有什麼好見面的？我一首歌都不會唱，難不成就站在台上玩跟觀眾看誰先笑的遊戲嗎？後來陸陸續續這樣的留言越來越多，我就只好改口說：好！等老娘出書那一天，就辦簽書會！這樣總有一個名目可以跟大家見面了吧？我可以忙著簽書，不用站在台上跟大家玩看誰先笑的遊戲。

　　我的經典名句之一就是：玩笑開久了，就會變成真的。

　　就這樣，我老是開我要出書的玩笑，開到真的要出書了。玩笑開久了，就會變成真的，真的是屢試不爽！所以在此順便開一下玩笑，以後要是本人有生之年被歐巴壁咚，那一天我一定要先用很香的洗髮精把頭洗好。

面對痛苦的方式有三種，沉溺痛苦、無視痛苦、化解痛苦。這裡面最棒的方式就是：化解痛苦。

這本書存在的目的除了讓我可以達成簽書會的目標之外——畢竟我巨星簽名練很久了一直沒地方可以用，所以出書順便達成連續簽名這個目標——再來就是：讓翻開這本書的人能夠短暫的脫離世界的鳥事，歡笑一下，化解你的痛苦。

其實在寫這一本書的一年當中，我自己本身人生也是去了幾趟B100樓。苦，真的有夠苦，苦死我。明天的太陽到底在哪裡？這段日子，我想盡辦法看了很多會讓我歡笑的東西，讓我短暫逃離難玩的地球。這也是我一直以來寫東西的初衷，就是：製造歡笑，當你們的避風港。

這本書看過一次之後，就可以以恭敬之心放到你家的廁所，以後大便的時候沒事幹可以亂翻一下，每次都會有不同的風味。我這裡不是說廁所的風味，是指心情的風味。在此也請各位給我一點面子，好歹撐個五次過年大掃除不要丟掉這本書，因為我有朋友的爸爸在做資源回收，他說每年過年被回收最多的書是《哈利波特》。靠，連《哈利波特》都會被回收了，更何況我這本喇賽的書。

所以！大概第六年的時候你真的很想拿我這本書去資源回收的話，那就拿去換點錢吧哈哈哈哈哈哈！下場跟文學鉅作《哈利波特》

一樣，我也心滿意足了。寫到這裡我看著我的Word字數統計，離我規定的字數還差一百多字，我的暑假作業就可以寫完了！（這篇序是我所有稿子交出去之後，留在最後寫的。）那既然還差一些字，我就只好繼續扯下去。

　　寫到這裡我覺得我的總編輯又要在辦公室扶著心臟看著螢幕哈哈哈哈。在此真心感謝我的出版社還有總編輯跟編輯，他們的心臟真的是跟小巨蛋一樣大，一路包容我這耍廢作家。你們也要感謝我的編輯們品味很好找我出書，不然你們是永遠沒有機會參加我見面會的！再來還要感謝我的團隊（我是真的有團隊，我不是唬爛的，這本書裡面會有丹妮婊姐星球組織圖）。其中副總監奇葩跟我的插畫家恩歐更是鞠躬盡瘁，這本書裡面的插圖，是她們兩位一起完成的。最後，當然是要最謝謝表弟妹們，官腔是要說謝謝你們的愛戴，今天才能有這本書之類的話，但說穿了就是我偶像吳宗憲說的至理名言：「粉絲都是衣食父母，我碗裡面的飯是他們給的，當然要感謝！」天啊我被規定的字數達到了，我暑假作業寫完了！拍手解散！你們可以開始閱讀垃圾文界的鉅作了。

垃圾文界的JK丹妮

目錄│Contents

丹妮婊姐星球上的居民們

星球演化前之婊姐在美國

婊姐星球上之生活爛事

進入星球前必看：星球辭海

為了讓表弟妹們跟我溝通無國界，以下整理出我常用字詞，構成一部絕無僅有、意義非凡的辭海大全。表弟妹們請熟讀後，自行搭配文章服用。

❖ **NO速**：沒有，沒得玩。

❖ **孔子星球**：完全毫無幽默感，開不起任何玩笑的認真魔人。會把我架上十字架燒死的族群。

❖ **喔歪**：不OK，等同於NO K。

❖ **醜帥**：五官醜但整體很帥，最佳代表人物是韓劇《繼承者》裡面的崔英道（金宇彬飾演）。

❖ **噁帥**：噁帥是帥，但是卻又帶著那麼一絲或兩絲三絲的噁，會因為人的不同而有高低不同的噁％。那種噁是種猥瑣，或是：我覺得老子是全天底下最帥的男子，自以為是情聖的～這種噁。最佳代表人物是年輕時候的馬景濤（戲中），但噁帥並不是不好，噁帥這兩個字就只是一個事實。

❖ **噁康**：顧名思義就是很噁，被用來形容很行為噁的男生，被不少女生討厭的男生。例如：用讓女生很困擾的方式追女生的男生、明明自己有女朋友，還追別的女生的男生等等，或是情聖。

❖ **土色氛圍**：有戀愛可以談的叫做粉紅色氛圍，沒戀

愛可談的就叫做土色氛圍。這個來由是有一次大學的時候，看到好朋友跟隔壁系的小哥陷入熱戀，在那裡喜孜孜的講電話愛的ring ring從幼稚園開始交代人生。她周遭的空氣真的徹徹底底粉紅色，好多粉紅色的泡泡，然後我們這些並沒有談戀愛的女生周遭空氣就完全標準土黃色。

❖ **溫蒂**：就是那種美國週六沒人約出去夜店只好晚上在家裡配肯德基炸雞桶看影集all night的雀斑少女通常是紅髮還微胖這樣然後因為異性緣太差所以只能整天幻想跟nice body談戀愛。（在學校通常會被女王蜂欺負，女王蜂家裡要開趴還會特地走過來對她說：「妳不准來。」講完扭身去找足球隊長帥男友。）因為我心中設想是紅髮有雀斑，但也不一定完全長這樣啦，求方便就以溫蒂漢堡的溫蒂做為統稱。

❖ **沉船**：徹徹底底愛上某人（或偶像）的意思。來由是有一次我被表弟妹壓著去看韓劇《主君的太陽》，原本我相當不情願，也覺得男主角長得有夠醜，沒想到看到第三集，陰溝裡翻船，開始覺得男主角好帥，第四集就徹底沉船。我要跟蘇志燮一起沒有明天。

❖ **蠢貨3000**：很蠢的人，就像電腦型號一樣，後面加個數字，這是總監爾康發明的。

❖ **放翼手龍**：放鴿子放到最大，就是放翼手龍。但這詞我很少用到，因為很少能放到這麼大。我用到的一次是王金平放總統馬英九鴿子。

❖ **鱉的buffet**：吃鱉吃到一種很大的程度。

Danny BEEEEE

丹妮婊姐
星球上的居民們

邱女——中年媽媽的老鏡桃

婊姐星球居民二號

中年婦女媽媽是一個極度幽默的族群，本人的母親大人——邱女，就是一個非常標準的中年家庭主婦。她集所有媽媽特徵於一身，長年以各式各樣的事情惡整她的女兒，我的友人奇葩的母親梅子，跟邱女完全就是中年婦女聯盟。雖說兩位不認識，但幹的事情**一毛一樣**，讓我跟奇葩內心疑惑大吼：為何中年婦女都一個樣？都擁有一樣的老境桃呢？（婊姐辭典：台語「老毛病」的意思。）

老境桃 1. 換貨

中年媽媽不知道為什麼，買了東西回家，一·定·要·再·回·去·換！每·一·次！E.v.e.r.y.t.i.m.e！是**每·一·次**！沒有任何例外！除非老闆跑路找不到人。

每次邱女興沖沖的買了一樣東西回家之後，踏入家門，5分鐘，大腦內部的「我要去退換貨病菌」就會全力出動，散播到她的腦子。不管天氣再熱、風雨再大，她都會拚命出門再去找老闆，當然，我那衰鬼老爸很常成為換貨司機。

我要去退換貨!!!

　　每次，衣服就算當場試穿過上萬次，在攤子花了一小時，到家之後還是要再跑一趟去換。香爐換造型，說這造型神明會不高興（騙人！菩薩四大皆空，祂老人家會care嗎？）、拖鞋換尺寸（她半小時前的腳比現在是小很多嗎？）、牙膏換口味（只是薄荷還是原味，她決策過程很像是國家要採購什麼種類的飛彈）、衛生衣換顏色（就是穿在裡面的衣服顏色，她決策過程不比NASA決定去火星的路線含糊），諸如此類。

　　不換，人生就不圓滿，不換就深夜失眠，不換就人生失去色彩！如果老闆不給她換，邱女肯定是當場睡袋拿出來準備住下來，跟老闆長期抗戰。舉凡任何標榜「特賣會貨品售出無法換貨」的場合，對邱女來說不構成任何問題。

　　NO 問題！沒問題！一定都能換能退。就算小姐很為難的說：「妳不是試穿過了嗎？特賣會不能退換。」邱女 forever 能全身而退，縱橫特賣會，要換要退她說的才算，相當有才華。讓我非常想學習這份勇氣。

老境桃 2. 冰箱

　　冰箱永遠是邱女的儲藏室，什麼東西都要往裡面放。

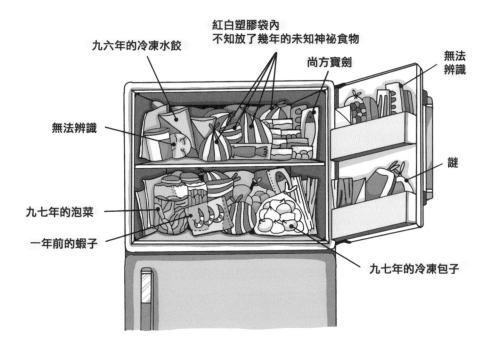

今年有一次，我開冰箱時打翻東西，邊整理邊覺得自己是考古人員。九六年的冷凍水餃、九七年的泡菜。如果我要減肥，我真的只要吃一口，包準馬上激瘦十五公斤，變成小隋棠，綽號甘蔗姐姐。

尤其過年跟普渡前一個月，這是媽媽心中的年度奧斯卡盛會。冷凍庫打開，我必須身手很好的閃一下，因為都會山崩，冷凍食物都會暗殺我。每到這兩大節日，邱女就會一副中共要打來，憂心忡忡的臉。既然擔心冰箱放不下，那就把九七年的冷凍包子丟掉啊！

因為上述原因，餐桌上有時候會出現味道很詭異的東西，是一種，歷史的味道。本人問：「邱女，這東西是怎麼了？」邱女就會說：「哎啊～那去年過年的啦～冰冷凍庫不會壞啦！」

那去年過年的啦～冰冷凍庫不會壞啦！那去年過年的啦～冰冷凍庫不會壞啦！

那去年過年的啦～冰冷凍庫不會壞啦！

（這篇文章距離去年過年，差了16個月！）

COW！一年前的蝦子也拿出來煮？蝦子的靈魂老早都投胎成人，會喝奶了好嗎？邱女就會很假仙的笑說：「啊冰在冰箱就忘記了啊！反正又不會壞～（再度強調）」

P.S.我也很感謝媽媽的節儉，但……但為何不能早點拿出來煮呢？不是東西在冷凍庫就萬年不壞好嗎？

老境桃 3. 亂煮飯

煮飯是件很辛苦的事情，非常。但我想全天下的很多媽媽都會遇到老狗變不出新把戲的困擾，而且煮飯的品質會忽上忽下，依照她當天的心情來決定。

煮飯這麼多年，邱女進入了亂煮時期。

有天回家有一道乾泡麵，喜孜孜的我馬上坐下來大口吃，內心幻想吃起來像滷味攤那樣的好滋味。

我吃一口，這麵超酸！特酸，是檸檬口味乾泡麵。

我馬上苦著臉問邱女：「妳是加什麼啊？」

邱女：「喔，就摩斯漢堡沙拉附的和風醬啊。我什麼都沒加喔！只加和風醬～」

我問：「為何是和風醬？」

邱女：「啊就剩那兩包在那裡不知道要幹嘛啊！就加進去啊～」

最近家裡買了一種日本拉麵，裡面附有調味包跟湯包，煮的方式就類似泡麵但它是拉麵。

拉麵，顧名思義，就是，湯麵。

全球首創，乾的拉麵。

而且自己隨興調味freestyle。

yo ~
ya ~
baby ~

天啊！邱女去當饒舌歌手一定會有一片天！

拉麵，顧名思義，就是，湯麵。

這完全是廢話。

但因為我回到家以後，吃到了一碗，全球首創，乾的拉麵。

邱女把它煮成乾的。

煮成乾的，**煮·成·乾·的**。

而且自己隨性調味，freestyle。天啊！她去當饒舌歌手一定會有一片天空，完全沒有用這一包要價一百多元的拉麵所附的調味料與湯包。

這碗freestyle乾拉麵——難！吃！透！頂！

　　我吃一口真的立刻又是參加超級名模減肥班，吐出來。

　　邱女是不是把皮剝掉其實裡面是維多莉亞貝克漢？她壓根不想小孩吃東西吧？

　　到底為何要把拉麵煮成freestyle乾麵，那這一盤鳥乾麵還要價125元，逼死我跟爸爸！

> P.S. 哎～媽妳辛苦了，我很感動妳很愛看美食節目學新菜，但為何老是都是半調子呢？可以抄抄筆記嗎？拜託不要亂動配方好不好。

老境桃 4 減肥

　　減肥永遠是媽媽的課題。

　　我同學是聽她媽媽說「我今天開始不吃晚餐」長大的。從小聽到大，整整29年，但媽媽永遠晚餐都吃很飽很多很撐很滿足。

　　邱女則是聽信各種減肥偏方，所以三不五時，總會看到她在狂吃某種東西。

　　「哎啊，我朋友說喝蜂蜜水會瘦。」

　　「哎啊，我朋友說吃燕麥會瘦。」

　　「哎啊，電視節目說喝優酪乳會瘦。」

　　還有柚子、蘋果、芭樂、紅酒等等。

邱女，通通都試過，但，通通都沒效。

因為所謂的減肥食品，是指那是那餐「只單吃這樣東西」會變瘦，不是叫妳大吃大喝再來吃喝這單品就會瘦！

P.S. 不過，老媽也是因為生小孩身材變型，謝啦！

「哎啊，我朋友說喝蜂蜜水會瘦。」

神奇蜂蜜水

老境桃 5 愛靠腰

中年婦女專長就是愛靠腰。（婊姐辭典：台語，抱怨、囉嗦。）

有次我阿公一百歲的生日壽宴，非常盛大，阿公就是皇帝。邱女這衰包因為生病住院了，所以沒辦法去這個重要的百歲壽宴。我在去完壽宴之後，下午就直奔去醫院陪邱女，她劈頭就緊張兮兮的問我：「爸爸有沒有跟阿公說我生病住院不能去啊？」

因為我下定決心再也不要被中年婦女逼死，妳逼死我，那我也要逼死妳。所以我說：「喔～他沒有說，他說妳去日本玩了。」

當然有說啊不然呢？這麼重要的場子不去，當然要解釋原因啊！

後來晚上我爸來醫院接我跟我妹，因為婊姐大忙人，我行程滿檔要去別處，所以爸爸就開車先帶我去捷運站之後，就跟妹妹回家休息了。

隔天大家都要上班上課（這是一個必然的行程），我在公司打電話問候邱女，邱女再度發揮中年婦女靠腰本色：「那昨天爸爸載妳去捷運站後，就跟妹妹回家了嗎？」

我：「喔，他們沒有回家啊，他們去迪士尼樂園玩了。」

當然只能回家不然能去哪？？？誰要逼死我，我就逼死他！

　　這道理來自於電影老大靠邊閃，裡面有一幕是兩個小弟，幫老大辦事情，剛好去到了一個殺人鯨的表演秀現場，那兩個人就不小心被殺人鯨潑出來的水噴個全身濕。

　　A就問B：「那些殺人鯨會在泳池裡面上廁所嗎？」

　　B回答：「不會，牠們會去隔壁的漢堡王借廁所。」

　　如果你有被中年婦女逼死的困擾，請像我一樣硬起來，逼回去。

爾康──只愛西西里小甜心的爾康總監（上篇）

婊姐星球居民三號

我的gay友人爾康是一個瘋狂迷戀義大利品牌Dolce & Gabanna的人，與其說他迷戀這品牌不如說他更迷戀所有男模的nice body，就像台灣的溫蒂少女迷戀韓星蘇志燮的巴底這樣（絕對沒有我）。

爾康，他自己封自己是婊姐星球創意總監──平日高高在上，不時羞辱路人、朋友還有我本人，但同時整天肖想猛男，對Dolce & Gabanna的一切設計瘋狂愛戀著，當然最愛的就是DG男模。精品在他眼中只有Dolce&Gabbana才算，他喜歡抱著他的

D&G

Dolce&Gabbana鞋子一起睡覺狂聞義大利皮革散發出來的味道。如果被他綁架到DG男模，他一定把他們綁到家裡地下室然後每天跟他們講話還有幫他們梳頭髮。

爾康現在以丹妮婊姐星球的創意總監自居，我不過跟他提一下我以後要拍影片跟表弟妹們講話，他就冷冷的回我：「畢竟我現在好不容易升到了創意總監，自然要有我的高度，『拍片部』的小事情我不想知道。」

COW，拍片部到底在哪？還有你高度到底是幾公分？而且從頭到尾都是一人選舉，根本沒有人在肖想創意總監這個職位！

總之，他就是一個脾氣很差的女王，誰都不要惹到爾康。因為他會把人逼死。

沒想到後來他的人生，是一票西西里小甜心逼死他。

愛的力量讓爾康立馬變義大利人

他對義大利西西里很瘋狂，義大利西西里，請幫他想成台灣的可愛澎湖。

總監多瘋狂？他瘋狂到相信自己的前世就是西西里人。然後他說去西西里最想要買的伴手禮竟然是西西里馬車（跟西西里的男

人）。

到底是誰會想要這怪馬車？為何披著我雲林阿罵家神明廳的花花布跟頭戴巴西嘉年華的帽子？然後爾康，他真的是給我立刻去美國FBI上班，因為他就找到了DG一票男麻豆本人的臉書，不是粉絲團，是**個‧人‧臉‧書**，加了他們。

這一票麻豆雖說很帥，但並不是專業的男模，是因為DG這季為了徹底回歸西西里Style，特別到西西里島嶼上獵殺帥氣路人抓到米蘭走秀，說穿了就是帥路人。然後應該每個人就開始幻想可以變成男模中的凱特摩斯，因為凱特摩絲就是在機場被挖掘的。

爾康原本以為這些西西里小甜心會覺得怎麼來了個大變態加他們臉書，沒想到蓋諾塔小甜心立刻按了接收好友，還劈頭丟了一大串義大利話給爾康。

人類的潛能在很多狀況下會被無限激發，例如：跨海追西西里小甜心。爾康在一分鐘之內學會了義大利語，精通語言立刻從國、台，變成國、台、義。爾康居然用義大利語回了蓋諾塔。爾康說：「我真的突然之間看懂他打的義大利話，還是在我趕著上班出門前五分鐘。」

愛的力量就是這樣。

總之，蓋諾塔非常痛哭流涕的以為自己居然紅到一塊亞洲怪

注：被總監逼死！馬車太難不爽上色，大家自己Google by恩歐

島，還很興奮的跟爾康要照片，因為他要給媽媽看他的亞洲粉絲！
（他真的不知道台灣是哪。）

　　然後爾康瘋狂的開始爬蓋諾塔的臉書，看到蓋諾塔讀書時候
的照片，是個歐洲台小浩呆。這樣的樣貌，如果當年小浩呆送早餐
追班上的女王蜂，女王蜂一定會覺得被羞辱然後生氣的把奶茶拿去
蓋諾塔面前，用力把奶茶往桌子摔，大吼：「你不要再送早餐給我
了，Loser ！」（還用手比 L）然後罵完之後用手甩一下頭髮，轉頭

過去跟足球隊隊長舌吻。

　　但是才一年的時間，18歲生日，歐洲台小浩呆從小醜雞變成一隻大鳳凰，然後被DG找去走秀，想必班上女同學一定想把桌上潑出的奶茶舔光。

　　但不要以為他們跟設計師本人很要好，因為他們並不是大咖麻豆，所以秀上的走秀服NO速，連產品目錄都NO速！只有得到照片裡那件西西里爛T，西西里是地名，所以等同於我們拿到寫著綠島的T恤。

　　產品目錄都NO速這件事情是真的，因為爾康很噁心的把他的DG目錄放在臉書跟蓋諾塔分享，沒想到蓋諾塔問他：

請問這本目錄要去哪裡拿到？

請問這本目錄要去哪裡拿到？

COW！這不是你幫DG拍的目錄嗎？就DG的店裡啊！天啊，我要哭了，你連目錄都沒有？

不就是本目錄嗎？

故事到這裡讓我知道兩件事情：

1.千萬不要隨便對醜男發脾氣。

因為，這個歐洲台小屁孩，一兩年後長大了，去DG走秀，歐洲帥大男人，哪裡還有歐洲台?!但不得不說走秀穿的那一套西裝只有DG秀場能穿，還有台灣辦西西里人文風情展覽的售票員能穿，那西裝任何一個大明星穿一定都會被媒體嘲笑到死，不管馮迪索還是玄彬還是威爾史密斯。

2.DG老闆（也就是D跟G本人）應該非常之當森（婊姐辭典：
   台語，小氣）。

居然沒發型錄給走秀的西西里小甜心（裡面有他們走秀跟拍的形象照），而且，他們也不知道要去哪裡拿（不就是店面嗎?!）導致

他們全部都飢渴的想要這本型錄。

　　印一本型錄到底是多少錢？一本成本是一萬歐元嗎？還是說是忙著補繳稅沒錢發，因為逃漏稅被抓到？

　　所以爾康機會來了，他就靠著手中這本免費的DG目錄，讓西西里的小甜心們各個遠從義大利跨海不停的對台灣吶喊。

　　他就以粉絲的心情，翻拍了手上僅有的一本DG 2013秋冬型錄照片，放到臉書上跟這一票西西里小甜心分享。純粹是以粉絲的心態跟偶像分享。

　　沒想到西西里人也愛搞甲好康道相報，一個告訴一個，一本遠在台灣的免費型錄，就這樣成為了西西里島的大新聞。導致爾康最後總共加了10個小甜心好友！而且每加一個小甜心，小甜心就吵著爾康要看型錄（當然是有自己的那面），導致爾康這段日子每天都在臉書PO翻拍的型錄照片，不知情的朋友們都覺得：你是在跩啥小？不過就北上去DG買了一雙鞋，還是特價的鞋，拿到了一本型錄，就整天在這裡PO型錄照片洗版，跩到好像你整季都買下來？

　　殊不知其實爾康是忙著當奴才，應付這一票吵著要看型錄的小猛男。

　　這一票來自可愛小島的西西里小甜心，看到遠在一個亞洲怪

島的男子爾康手持有他們照片的DG型錄，就一本可以免費拿到的型錄，居然每個人都驚為天人，彷彿看到畢卡索失傳已久的哪幅名畫，全數開始瘋狂糾纏著爾康，要爾康翻到有他們的那一面，翻拍給他們看。

如果是DG御用超級大咖男模David Gandy，只要坐在家中沙發翹腳搖勒搖勒，應該就有人專門奉送到他面前，而且一點也不在乎目錄裡的他有多帥，也許還拿來墊鍋子。

不過就是一本型錄，這一票小甜心居然各個徹底痛哭流涕老淚縱橫，感動得要死，那本型錄不就是你們拍的嗎?!還要大老遠從台灣翻拍上傳網路給你們看！到底印一本型錄有多貴？我花錢印給你們好不好！

他們該不會晚上還會為了這件事情跟媽媽相擁而泣，大親十字架，因為以為自己紅到亞洲？但其實全亞洲粉絲真的只有爾康一人而已，**only 爾康**。而且他們真的很感動自己有了粉絲，很多人幾乎每天跟爾康臉書私訊，非常熱烈的跟粉絲聊天。

就這樣，靠著一本免費的2013年的秋冬目錄，讓肖想猛男的爾康，瞬間周旋在這10位西西里小甜心之中，炙手可熱，mama康。

在知道他們這一票小甜心居然可憐到連型錄都NO速之後，我

DADDY-LONG-LEGS

就覺得爾康應當取一個「亞洲的長腿叔叔 Daddy long legs」的外號。
因為我真的看到了這群西西里小甜心對於那本2013秋冬型錄的渴
望，這10人每一個人都很渴望那本型錄！

　　爾康叔叔應該要特地坐火車北上到101的DG旗艦店，跟店員大
吼：「給我十本型錄，因為老子要寄到義大利給裡面的NO速模特兒
們！」

　　雖說店員一定會覺得這理由荒謬至極，但殊不知這就是真的理
由……

　　以上去DG大吼的戲碼完全是我的想像，但沒想到爾康在臉書上PO了蓋諾塔的照片，並標記上蓋諾塔名字後，就被另一個也有去米蘭走秀的西西里甜心A看到，請讓我為此位西西里小甜心取一個綽號，叫「天王老子」。

　　※爾康與西西里小甜心的愛恨糾葛，請見下一篇《只愛西西里小甜心的爾康總監（下篇）》。

爾康——只愛西西里小甜心的爾康總監（下篇）

婊姐星球居民三號

天王老子看到蓋諾塔臉書那則動態消息之後，立刻主動加爾康臉書好友，然後告訴爾康他也有走秀，拜託爾康看一下目錄有沒有他。

爾康找到了之後馬上翻拍傳給他看。

但小島來的天王老子，已經不是小島上的純樸鄉村小甜心了，到過大城市米蘭走過大秀就等於見過世面了。面對網友熱心拍照，他非但不感謝，竟然以晚娘 Anna Wintour 口吻說：「請拍好一點！」（Anna 是真實版 Prada 的惡魔）

女王蜂創意總監爾康，遇到這種大牌的天王老子要他重拍照片，依他的個性，他應該要大發飆立刻把對方刪除好友才是。沒想到，爾康這老不修為了愛，立刻整本型錄放在桌子上攤好，再以恭敬之心重拍一次。

平常我用一個表情符號就會被爾康羞辱，現在居然還用笑臉對待西西里小甜心？爾康從華妃娘娘變成了蘇培聖（婊姐辭典：《甄嬛傳》裡雍正皇帝的忠誠太監），創意總監的高度到了 B2。

蝦咪！居然要爾康寄型錄

沒想到隔天，天王老子再度召喚了蘇培聖。他對爾康說：「你可不可以寄一本型錄給我。」

爾康問：「寄到西西里給你?!」

天王老子：「對，你做得到嗎？」（毫不客氣）

哈哈哈哈哈哈哈哈哈西西里的天王老子，你根本是JLO！到底可以多大牌？逼死爾康！逼死爾康了！但平常脾氣很差的爾康完全不生氣，因為他熱愛被西西里小甜心糾纏到天邊。

爾康哪來這麼多本目錄？難不成真的要連夜搭車北上101？等DG一開店馬上衝進去大吼：「搶劫！把所有秋冬目錄給我交出來！」而且西西里甜心真的是天王老子，難道不知道運費有多貴？

PART 1
丹妮婊姐
星球上的居民們

　　然後我跟爾康開始覺得，天啊這群人到底多麼渴望這本目錄？還是說沒關係，爾康就搭機親自護送這本目錄到西西里親手交貨，但是要逼他們共度春宵好幾晚，不服從就拿打火機把整本目錄燒掉。他們一定嚇得立刻把內褲脫下來跪著出賣精壯肉體。

　　天啊到底多可憐！一本你們自己拍的型錄還要我們遠從亞洲怪島寄到西西里島給你們本人！（會說怪島是因為……他們真的不知

039

道台灣在哪。）

　　我覺得萬一目錄寄過去之後，小甜心們目的達到，該不會從此之後對爾康就很冷漠了？

　　沒想到爾康說：「沒關係，他們還有走2014春夏男裝，明年春夏目錄是我另一張王牌。」如果DG對西西里素人走秀熱忱不減的話，那的確是還可以再多騷擾這些西西里小甜心一段時間。

　　同樣發生在爾康臉書PO上蓋諾塔照片，並標記上蓋諾塔名字之後的另一件爛事是，蓋諾塔照片PO上臉書之後，就有一個西西里路人，一直來留言，留言nonstop。每張照片都還按讚，在此請讓我為他取名為「妙麗」。妙麗一直高高舉手希望老師爾康能夠點名他，但爾康完全不在乎他是誰，死不點他，想說應該是是蓋諾塔的朋友。

　　幾天後爾康點了妙麗臉書進去看，靠！原來人家也是走秀的Model！簡直沒禮貌到了極點！看了一下之前妙麗的留言（是義大利語），原來～也是在講目錄的事，又在講目錄！

　　爾康當下馬上加了妙麗好友，為了愛，爾康一分鐘精通了義大利語，為了愛，馬上1秒火速翻目錄，找到妙麗的秀圖，立刻拍下，上傳臉書。

　　爾康圖片一PO上去，一PO上去喔！

　　妙麗馬上哀怨留言：「真是漫長的等待，因為我想看到目錄。」

哈哈哈哈哈，我現在就要去101的DG門市批發目錄！

看到小甜心這樣哀怨的回覆，爾康心疼得要死，馬上下跪留言道歉。創意總監的高度已經到了地心。

目錄、目錄，到底是多想要有目錄！

還有一個小甜心，讓我稱他為「火爆浪子」。他也是迫切的想要爾康翻拍型錄上傳到臉書給他。由於那一天太晚了，爾康答應他隔天翻拍。結果隔天一看臉書，才知道原來火爆浪子多一秒鐘都不想等了。脾氣很差，他PO了一段話在他臉書上，爾康看到馬上從椅子跳起來，立刻上工，一刻都無法偷懶。

他說：「該死！我無法從我心中忘掉那張照片⋯⋯是我的照片拍得不夠好嗎？希望你可以快一點翻拍。」

這些西西里小甜心，到‧底‧多‧想‧要‧目‧錄?!逼死爾康了！

難不成爾康的淫慾就這樣不小心揭露了國際最大虐／童工案件？還是說婊姐我現在走進去101的DG門市，一本目錄跟店員花100元買下來，然後轉賣給這票渴望目錄的西西里小甜心一本一萬歐元？他們該不會還跟家人立刻去跟黑手黨借高利貸來買這本破目錄？

　　然後又有一個西西里小甜心，就稱他為「小冰山」，因為看照片是屬於冰山型的帥哥。

　　小冰山看到了目錄這一大段事情之後終於融化了，他傳訊給爾康：「我在DG後台有被拍了很多照片，但我不知道攝影師的名字，你可以找照片給我嗎？」

　　哈哈哈哈現在西西里人完全把爾康當成三太子有求必應，這種後台的照片，居然要遠遠的拜託一個小島的台灣人去幫他找。而且小冰山連走兩季通通都想要，完全逼死爾康over and over again！

　　這有多難找？畢竟不是姬賽兒邦倩（Gisele Bundchen）這種超級大咖的後台照，是一群路人的後台照，除了官網公開的之外還真是非常之難找。但爾康，為了愛，使命必達，馬上變成Prada惡魔裡的安・海瑟威，老闆米蘭達再機歪的任務都能辦到，他就真的幫小冰山找到了好多張他的後台照片傳給了小冰山。

　　小冰山很激動的說：「天啊，這很多都是我沒有的！」

　　義大利語不是你的母語嗎?!到底為何還要老台幫你估狗？

　　義大利西西里最出名的就是黑手黨，電影《教父》最經典的台詞就是：我會開出讓他無法拒絕的條件。

　　現在這票西西里小甜心開出讓爾康無法拒絕的條件就是他們的

nice body，所以爾康現在就是西西里男孩的長腿叔叔，爾康叔叔絕對使命必達，再難的東西都找得到。整天目洗！

小甜心蓋諾塔，就是第一個可憐兮兮的問爾康：「這本型錄哪裡拿得到？」那位，讓爾康的母愛完全大激發。

爾康每天不斷對蓋諾塔甜心說：

「你的台步走得真好！」（其實爾康覺得走得相當之爛。）

「你秀上穿的衣服到腳上那雙鞋完全是我夢幻逸品，我一定要

「你的台步走的真好！」

「真好！！！」

買！」（當模特兒最重要的就是把你身上的東西推銷出去，你成功了，DG應該給你發獎金！）

　　爾康完全就是頌芝上身，猛灌蓋諾塔一倉庫又一倉庫的迷湯。我想他真的以為自己要大紅大紫了，萬一2014年秋冬DG不找他走秀了，爾康真的應該要坐飛機去阻止他自殺。

手槍

麵粉

　　我要預祝各位表弟妹有一天能夠與自己很哈的人或偶像能夠打成一片，畢竟現在爾康被10幾個猛男成天包圍，是交際花，mama康，但大部分的時間是爾康long legs。

　　而且那本目錄被爾康這樣來來回回翻，應該都比參考書還要爛了，一生當中要翻頁面的次數都在本週用光。

　　最後，我很喜歡的Dolce & Gabbana Miss Sicily包包，畢竟當一個黑道老大的情婦一直是我很想要人生目標之一。萬一我哪天真的舉辦簽書會請讓我拿DG包包跟穿DG洋裝出場，而且包包裡面我還要放一支槍跟麵粉（因為我不能帶古柯鹼）。我愛Dolce & Gabbana！

奇葩——史上對食物最執著的女生化人

婊姐星球居民四號

我有一位女性朋友，她同時也是我的同事，因為她是個奇人，以下稱她為奇葩。

奇葩被我稱呼為奇葩當然有道理在，我認識她十多年。她就是個大 freak。若有看過電影《醉後大丈夫》，她就是裡面那個胖子的女生版。但她都自認為是《哈利波特》的妙麗。

一點都不像，連根鼻毛都不像。自作多情多到太空。

ROUND1. 香G堡！

奇葩的母親梅子近日開了大刀，所以上星期日我打了通電話給奇葩。

我：「ㄟ，梅子有好點吧？」

奇葩：「嗯，但我快死了，我腸胃炎，拉肚子拉在褲子上。」

靠，我問候妳老母，妳跟我說妳烙賽烙在褲子？

我邊憋笑邊安慰她（同時內心好奇那內褲有丟掉嗎？）：「那看醫生沒？」

奇葩虛弱的回答：「看了。」

奇葩非常抗拒看醫生，Why？

因為她信誓旦旦的說：「我都繳了健保費，為何還要再付掛號費？不合理！」而且她常常嚷嚷想死，所以不如死死算了等云云。

無論感冒得再嚴重，她都不太看醫生，完全倚賴自體免疫系統，算是自體免疫系統的忠實愛用者。真的能讓她去掏錢看醫生，表示她這次腸胃炎把她逼死到棺材旁邊了，遠遠超越一般人能忍受的疼痛指數。看來此次她痛到可以為自己挑墓地。

　　星期一進辦公室，看她一臉痛苦到地獄的模樣，做事也做得慢吞吞要死不活，我很擔心的問奇葩：「妳是不是看到庸醫啊？通常吃了藥就不會這麼痛了啊？」

　　奇葩：「喔，不是庸醫啦，是我早上吃了香雞堡。好後悔喔早知道點蘿蔔糕……啊……好痛！」（然後衝去廁所。）

　　馬的！香雞堡？腸胃炎吃香G堡？？？我腦子裡瞬間出現很多G堡的畫面！

　　把我的關心還來，G兒～妳一定要在她的胃大跳霹靂舞！把她整死！

　　後來聽奇葩的姐姐還原這整個週末的故事，我絕對要掐死奇葩。

　　一切起源是上星期五奇葩打開冰箱冷凍庫，發現了一罐千年前的豆漿，到現在我也不知道過期多久，是個謎。姐姐當然有阻止她不要喝。但奇葩很堅定的說：「我節儉。」就把那杯陳年的冷凍豆漿給乾了。

　　以下是她跟姐姐的app，左邊都是奇葩，右邊是姐姐，星號是我內心的眉批。

　　豆漿化石乾下去，想當然，地獄之火向奇葩無情的猛猛燒來，開始了她重度九級上吐下瀉的地獄之旅。

　　隔天星期六應該要去醫院跟姐姐交班照顧梅子，她急急忙忙的摳給姐姐，哭腔的說：「我不行了～我要死了～我睡一睡拉在褲子上，我要死了～我真的要死了～」

　　奇葩自己去看了醫生了。姐姐只好認命禮拜六幫奇葩代班照顧梅子。整天不停的收到奇葩的APP，靠腰至極。

　　以下是她跟姐姐的app，左邊都是奇葩，右邊是姐姐，星號是我內心的眉批。

　　沒想到禮拜天一大早，姐姐打給奇葩，奇葩依舊要死不活的訴說她真的要死了，她沒辦法去醫院照顧媽媽；她不停的大吐跟噴射的拉屎，她要死了要死了要死了*1兆次（可惜還是沒死）。

　　姐姐很哀怨的回說：「好吧，我就放棄吃喜酒……」

　　沒想到奇葩說：

　　「現在才六點妳緊張個屁。人生本來就計畫趕不上變化。」

姐姐聽了就是懶趴火瞬間燃起：「妳給我爬都爬到醫院！今天我老早就說我要去吃我好朋友喜酒，妳給我包尿布都來！」（重度威脅與恐嚇。）

奇葩沒種，所以是爬到醫院了。

ROUND2. 鐵板麵！

但是，BUT！

她居然帶了鐵板麵來，油滋滋香噴噴的鐵板麵。姐姐氣胸的問她：「妳已經上吐下瀉成這樣還吃鐵板麵？妳應該吃稀飯吧？」

奇葩一臉理所當然的宣布：「我就是想吃美食，啊，應該再買份培根蛋餅的。稀飯很難吃，我是美食主義者！」

吃完鐵板麵後整個下午依舊不停的用APP騷擾喜酒中的姐姐，吵她肚子很痛，吃什麼吐什麼，她要死了她要死了她要死了*1兆次，同時也用盡了所有APP中的圖案，然後當天晚上還吃了炒烏龍。

以下是她跟姐姐的APP，約莫10公里的要死圖片，只擷取一小段。

　　星期二奇葩跟姐姐交班，去到了醫院照顧術後的梅子，但奇葩本身腸胃越來越嚴重，去到醫院就是大睡，彷彿度假。搞得母親在床上呼喊她的名字說：「我口渴了……我口渴了……女兒我口渴……」奇葩依舊呈現重度疼痛的彌留昏睡狀態，醒來就是大吐大拉屎。別說照顧媽媽，只差剛開完腦的媽媽沒下床照顧她這個大廢人。

當然也是APP糾纏姐姐。

　　姐姐就很生氣的在上班中多次打電話給奇葩要脅迫她去看醫生，但奇葩常常痛到語無倫次：「蛤？我真的不行了……我好痛……等等再打給妳我要去拉了！」然後草草掛掉電話。好不容易奇葩清醒了點，姐姐就要奇葩馬上在醫院看醫生，奇葩不肯，堅稱自己是卡到陰。

哪個鬼要跟她啊？我是鬼我也不要跟一個拉在褲子的衰包，一定害我永遠超不了生。

姐姐百思不得其解，此時我就說：「我太了解她了，因為她已經看過一次醫生，付過一次掛號費，要她再掏錢看醫生，她當然不肯！」

姐姐忍到下班時，怒氣沖沖的要打電話大開罵這個不知好歹的貪吃妹妹，但聽到奇葩近乎痛到魂飛魄散的哭腔說：「我真的好痛好……等下再跟妳說，我要去吐了！」姐姐實在又罵不下去。好不容易講了通完整的電話，奇葩懇求姐姐到公車站接她（奇葩要暈倒了）。

折騰了一輪，奇葩也算是生化人一枚，痛成這樣也居然成功的從中和爬回東湖。姐姐就到公車站，成功了使用暴力讓奇葩再度去看醫生。醫生下令說：「妳要一星期吃清淡的，吃稀飯！」

爽！一星期把她餓到連媽媽都認不得！

ROUND3. 漢堡王大套餐

沒想到看完醫生，姐姐騎車載奇葩回家的路上，經過一間熱炒店，奇葩很感興趣的說：「為什麼這間熱炒店開到這麼晚啊？」姐

姐咬牙切齒的說：「關・妳・屁・事！」

　　故事到這我真的很想一把掐死奇葩，熱炒店開到幾點關妳屁事！妳又不能吃！

　　姐姐說：「還沒完，今早出門時，奇葩無力到走路很慢，一直在我身後呼喚我。說：『那……我今天可以吃蔬菜蛋餅嗎？』」姐姐很想轉頭一把捏爆自己妹妹的頭！

　　最後，奇葩早上是沒吃蔬菜蛋餅，乖乖吃了饅頭。但晚上姐姐接到奇葩來電：「ㄟ，啊妳轉車那地方有漢堡王，我不知道我可不可以吃ㄟ，但還是吃吃看好了。幫我買個小華堡套餐。」馬的，要是她把這份對食物的執著，用到股票上，她兩天就超越巴菲特！

　　姐姐人很好，她還是心軟買了漢堡王大餐。

　　奇葩在吃的時候，居然面有難色的說：「突然吃肉，覺得有腥味。所以以後──」姐姐以為她要說：「以後要少吃肉了。」沒想到完整句子是：「所以以後我要天天大吃肉，就不會有腥味了！」

　　大家都以為，她吃完漢堡王，會徹底再度去地獄打卡，但是！吃完華堡她居然沒事了，康復了！她一定是生化人，被刀捅到不會流血，只會流藍色液體！

　　隔天中午，同事們準備叫中餐，奇葩說：「我這幾天肚子不舒

突然吃肉，覺得有腥味。所以以後……要天天大吃肉，就不會有腥味了！

吃起來怎麼有腥味！

服都吃素，現在突然吃肉會很噁。

　　我馬上理智線啪啪啪啪斷成粉末，立刻開砲：「啊妳昨天不是吃漢堡王？？？」

　　漢堡王漢堡王漢堡王！妳不要以為妳馬的什麼事情沒人知道，妳姐昨天都有跟我說了！

最後，我以半責備的口氣對奇葩說：「妳這樣沒有照顧到媽媽，根本是給媽媽添麻煩啊！」

奇葩回：「屁哩！我照顧得無微不至好嘛（挑眉樣）！」

P.S.我還是相當愛奇葩的，只是對她又愛又恨，常常想掐死她。
不知道那件烙賽的內褲到底有沒有丟掉？

不知道那件烙賽的內褲到底有沒有丟掉？

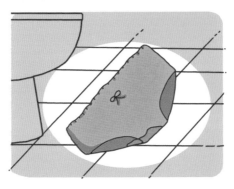

紫薇——紫薇不愛噁康

婊姐星球居民五號

我們做人，最好是買個電子磅秤，秤秤自己到底有幾兩重，一定要電子的，菜市場的那種。

舉例來說，我就很清楚如果自己哪天要跳舞，絕對是跳帥氣拉風的house或是JLO那種一踢就把人踢死的街舞；絕對不能跳AKB48還是少女時代那種手畫愛心的浪漫舞。也不能跳horny舞，何謂horny舞？就是夜店妹最愛把自己從眉毛摸到兩顆奶再摸到屁股的磨蹭舞。

我，絕對不能跳這些舞，因為我本人就是沒有那些斤兩。

噁康：行為很噁的男生

我有一個朋友，叫作紫薇，她真的是在生活當中吸引到any kind of 噁康。

噁康，顧名思義就是很噁，被我用來形容很行為噁的男生，被大部分女生討厭的男生。基本上還珠格格裡的爾康我也覺得也是90年代的八爺，是噁帥。但今天要講的噁康，就只有單純的噁，就是噁歪。

我這朋友紫薇，長得一副出淤泥而不染的清秀

樣，找個明星來形容，她就是凡人版本的周慧敏。而周慧敏本人是仙境版的。

若用書本形容，她就是平裝版的周慧敏，周慧敏是精裝版。

這樣說起來，我朋友確實是個美女，那美女當然就是很多男人追，只是我們都不知道為什麼，追她的，全部都是：

噁‧康。

沒有正常人、沒有大男孩、沒有不噁男，都只有——

噁‧康。

以下噁康追妹手法，搞不好有些妹會喜歡，那這是個人偏好與品味的問題，我寫出來的，只是我的宇宙觀裡面的個人品味。寫這難不成金正日又要偷看我嗎？我總有權力發表噁康特徵吧？

1. 現代徐志摩

這有兩種。

A. 寫詩或送一首現成的詩。

到底為何會有男生，在用詩詞追妹？「請問你現在最喜歡的棒球隊是時報鷹嗎？」也不對，還太現代，是：「請問你現在的總統是雍正嗎？」

你到底可以多麼的過時？

海邊的風　要怎樣吹拂
才能送去我的思念
天邊的虹　該如何搭建
才能連接你我的心
倘若失去自己
是到達你身邊最好的選擇
我願做那蔡情的叛徒

嗯東

B. 內心住了古今中外所有的文學家，除了住了余秋雨還有國外部門，莎士比亞。

MSN暱稱通常會是：「今晚的雨是我的淚」or「傷心吉他手的流浪」，但他明明就不會彈吉他而且今晚明明是全台晴天。這種人內心都會準備一套百科全書陣仗的人生悲情故事，非常熱愛自己cue自己的開頭說：

·妳知道那一年……為什麼我會一個人去英國嗎？（我不想知道，不論是鶯歌還是英國。）

・我小時候……過得很不好……（他不會繼續說，就是在等妳反問。）

・我以前受過傷害……所以現在很不信任人……（不想講自己的事情那就不要講。）

我們不是才認識兩秒嗎？有必要這麼快就跟我打開內心的小房間？還強迫我進入？而且你的點點點真的好多，看的我都要斷氣了～

這種永遠心情都很差的的男子根本就有憂鬱症，就是男版若曦，讓女生很想大吼：「你～到～底～怎～麼～了～」（要用展元的方式）（婊姐辭典：若曦，步步驚心女主角。徐展元，知名體育播報員。擅長誇大的聲音表現情緒。）

只是，這種比若曦還要更煩，因為若曦是啥小都不說，但這種人就是很想上CNN專訪告訴全球的女性：「他・很・悲・傷，anytime, anywhere，來愛我吧！」

煩死了！去找張老師！自己去請一個頌芝！！！（婊姐辭典：大陸劇《甄嬛傳》裡面，華妃的丫鬟，擅長巴結華妃。）

可以用來追哪種妹？母愛過剩。過剩到可能隨時沒懷孕都乳汁亂噴射的這種女生。

2.表情符號過多的（這點其實不噁啦，只是帥度很低而已）

今天天氣真好，可惜不是在週末>_<

今天我也元氣滿滿的上班喔^_^一大早就超忙的啦T_T而且老闆又說要開會=_=不知道這週末妳願不願意跟新朋友一起出去走走玩玩呢>//<

（然後被拒絕了）

SOGA……妳這週末要加班啊>_<

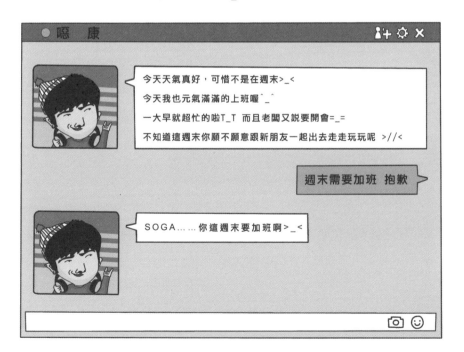

　　這是一個不公平的世界，表情符號這種東西，就是給女生用的。有些東西就是男女有分，就像是男人可以娶四個老婆但女人就是不能嫁八個老公。

　　你有老二，就是不要過度用表情符號。偶爾用一兩個很OK的，但這種一段話裡面充滿表情符號的男子，就是娘炮。

　　這種表情符號重度使用者的大宗族群（不是適度，是重度），消費者輪廓如下：

年紀：小六至國三

性別：女性

最常使用通訊軟體：雅虎即時通

最常逛的店：格子趣

最常買的雜誌：《談星》（這是星座雜誌）

喜歡的偶像：通常是飛輪海 or SHE

　　但你是個男人，還不是小六到國三的男人，表情符號，很不帥。成淑妹（成熟妹）們是不愛的。

可以用來追哪種妹？就上述那樣輪廓的妹。

3. 自許情聖

這個噁康是噁est，不是噁帥，就是單純的：噁歪！噁到破表。

噁歪噁康本身有交往多年的女朋友，紫薇也有交往多年男友。

在紫薇鄭重拒絕噁歪噁康的追求之後，噁歪噁康非常苦情的問說：「到底是為什麼呢？」

紫薇說：「因為你有女朋友了，我也有男朋友。」（就算你沒有女朋友，我沒有男朋友，也是不喜歡你！）

噁歪噁康：「妳為什麼不給我們一次機會呢？」

「到底是為什麼呢？」

「妳為什麼不給我們一次機會呢？」

　　然後over and over and over and over and over and over and over again 問為什麼，why？都希ㄅㄟ？長期糾纏，不屈不撓。一副他是苦情男子，對方因為礙於世俗眼光不敢放手愛他的中邪樣。（基於某些原因，紫薇不能得罪噁歪噁康。）

　　因為情聖都會以為，女生嘴巴說不要，但身體都會很老實，殊不知人家真的是徹底身體也不要。No就是NO，No way ！

　　No way at all ！ No way at all forever ！

　　情聖有一種共通點，叫做「聽不懂人話」。他們真的聽不懂人家的拒絕，不管是用白話還是孔子的文言文非也非也，他們一概聽不懂。可以領聽障手冊。

　　嚇跑這種人最好的方式就是，大吃地瓜跟雞蛋一星期，把自己的屁弄到最臭，濃度就像是萬寶龍12號的菸。最後，還要在大吃後大拍自己的肚子說：「挖甲爸啊～都瞎力！嗝～」（婊姐辭典：台語，我吃飽了，多謝你。）

　　記住，還要穿得很落魄，越落魄越好，吃完再約他去吃紅豆車輪餅，讓紅豆卡在牙齒上。如果這樣，情聖還是依舊糾纏妳，那……可能可以考慮一下，因為他對妳很可能是真愛了。

可以用來追哪種妹？活在格林童話中的噁薇公主。

4. 畫畫

紫薇的人生 TA（Target audience 目標受眾）就是噁康們。

以前她在打工的時候，有一個客人，默默畫了一幅紫薇的畫像，非常有創意的裝在奧萬大裝楓葉的罐子裡，送到店裡要給紫薇。

客觀來說（我還要去跟別人借很多客觀來說，因為我自己的客觀不夠用了），這招是滿浪漫的，因為韓劇裡面有出現過這樣的手法。但！！！

這招非常挑人，如果你不是韓流 star，就不許亂用！就像是我這種腿跟樹一樣粗的女人，就是不許亂穿網襪，穿了就是會被報警，男生亂用這招也是會被報警。因為女人收到「正式交往前的男人」所送手做的禮物，不要講壘包了，那會整個棒球場被拆毀，像拆違建那樣，還會被踢到噁康俱樂部。

5. 飲料只點一杯

　　有些噁康，在約想追的女孩子出去吃飯時，不知道是貫徹節省就是美德還是真的不渴還是單純的就是想要甜蜜，居然飲料只點一杯，說：「我們一起喝就好！」

　　根據我周遭三位親身經歷的女性友人的描述，她們當下都是想說：「誰要跟你喝同一杯啊？你到底多窮啊？」

可以用來追哪種妹？確定真的很喜歡你的妹。

「我們一起喝就好！」

誰要跟你喝同一杯啊！
你到底多窮啊？

這是一個兩性平權在起飛的年代，女生也可以高規格檢視男生，老話一句，我們都需要買電子磅秤，知道自己到底有沒有3000兩重。知道自己幾兩重之後，才去做什麼事，因為我就知道我長這種凶神惡煞的晚娘後母臉，我就是不可以拿著產品嘟嘴照相，不然就是會被抓去關。

真正的追妹高手——奇葩

後來想想，我的友人奇葩，根本就是追妹高手。

因為我公司附近有很多雞蛋糕攤子，但只有一間是夢幻蛋糕，但偏偏下班的時候，夢幻攤子的夢幻阿罵就會換地方，神隱雞蛋糕～所以我永遠買不到，腰洗（婊姐辭典：台語，餓死）。

有一次下班，胖妹靈魂就是塞假（婊姐辭典：台語，貪吃），硬是亂買，結果買到噩夢雞蛋糕，讓我一路回家的路上對奇葩哇哇大叫，一路從板南線的頭靠腰到板南線的尾，大吼：

「我要吃好吃的雞蛋糕！」

然後過幾天，奇葩出公司去辦事。下午回到公司的時候，一進來，包包還沒放，就用超帥的姿勢丟了一包雞蛋糕到我桌上。雞蛋糕帥氣的完美降落在我辦公桌，然後奇葩對我摺下一句：

「是好吃的那間。」

講完，轉身，馬上去修同事電腦。

馬的～也太帥了吧！奇葩真的永遠是我男朋友的大情敵啊哈哈哈哈！

最後，友人爾康要我特別說明，他不是噁康。

Danny BEEEE

PART 2

星球演化前之
婊姐在美國

Ch planet

歡迎來到美國

大學畢業的時候，我申請了去美國打工度假。我的愛國——膚淺大帝國美國！這件事情要寫的申請文件，約莫是從國小一年級到高中畢業的考卷數量。OK，好，我填。但一路彷彿破關把所有考卷寫到最後一張，我印象非常深刻，裡面一系列的問題約莫如下：

請問你有運毒的經驗嗎？
請問你有犯罪的經驗嗎？
請問你有洗錢的經驗嗎？

喔有，我是台灣大毒梟，大概洗了30億台幣。
哈哈哈哈哈哈哈哈哈哈哈到底誰會承認？
全球的犯罪份子填到這份問題卡應該都笑歪歪的勾否否否否否否否。美國人就是太愛吃大漢堡所以出題都亂出！

膚淺大帝國 U.S.A.

《打工度假申請表格》

> 注意：請依規定填寫背景資料，申請人物必誠實提供正確的個人訊息供簽證審核。某些問題回答yes的申請人，簽證申請可能會遭到拒絕，將無法入境美國。

✕ 問題：請問你有運毒的經驗嗎？ (yes) no

✕ 問題：請問你有犯罪的經驗嗎？ (yes) no

✕ 問題：請問你有洗錢的經驗嗎？ (yes) no

✕ 以上問題回答ｙｅｓ者，請詳細說明：

喔，以上皆是。我是台灣大毒梟，大概洗了30億台幣。

哈哈哈哈哈哈哈哈哈哈哈到底誰會承認?!

美國工作的心得報告：
我現在跟音速小子好熟！

我工作的地方叫做Busch Garden，布希花園。它是一個遊樂園，但等級不到迪士尼樂園那種全球巨星瑪麗亞凱莉等級的樂園，比較類似駐唱歌手而已。布希花園在維吉尼亞州，美國屏東。

友人千人斬阿皮——喔因為他千人斬，所以全名如此的長——千人斬阿皮原本幫我訂定了party all night的美國春秋大夢計畫，在得知我去的地方是美國屏東，正式宣告計畫終止！

　　當我抵達美國在正式開始工作之前，需要到布希花園報到，進行一連串的報到手續，在這一大串事情裡面，我正式宣布，此生絕對不再抱怨台灣公務員辦事效率很差。

　　老美辦事效率，真的，可以一件小事從初一辦到初三六五！

　　不就一些簡單的報到手續，我們永遠都在等等等等等等等等等等等等等等等等等等等等等等！老美是不是每打一個字都要吃三口

員工宿舍變成調情全球總部，費洛蒙指數破！表！

甜甜圈喝兩口可樂，所以才會需要這麼久？

　　新進員工還需要做毒品藥物測試，其實我也不會怎樣，反正我也沒嗑藥，沒想到居然測試的時候要被剪掉兩大撮頭髮，而且是剪到底，變平頭的底！天啊你們美國人憑什麼要我們華人做藥物測試？我們華人圈明星哪一個不是被抓到抽大麻，就好像跟作奸犯科一樣嚴重，出來道歉也依舊死刑！但美國明星嗑藥，只要見好就收，通常一路爬到巨星！

　　在布希花園工作期間，國外來的各國員工，除了台灣人之外，還有很多歐洲國家的人，如俄羅斯、土耳其、波蘭、哥倫比亞等等，全部都要住在宿舍裡面。這宿舍中間是大草皮，旁邊是森林，風景優美，大家到了異國就會空虛寂寞覺得有點涼涼的，有可能是遇到鬼，但通常是發春。所以這員工宿舍日後完全變成調情全球總部，要是有人拿儀器來測量，一定儀器當場嗶嗶叫，費洛蒙指數達到危險標準。友人千人斬阿皮為我設定的party all night計畫達成！

　　我在布希花園的工作，被分配到遊戲部門，這部門就是有各式各樣的遊戲，套圈圈投藍球丟沙包釣釣青蛙跟電流急急棒等等各式各樣，就是那種夜市會擺攤的遊戲種類，客人贏了就送娃娃或是獎品。對，要是我失業，我可以直接去士林夜市當遊戲大王。但因為

上班的時候，只要沒事幹的話，員工是被允許可以自己玩遊戲，所以我真的是在這段工作的日子，把我人生中所有玩這些小遊戲的扣打全部花光，花到一毛不剩，導致我日後到了台灣的任何夜市，真的休想要我掏錢玩任何小遊戲，歐巴約我也無法！

我工作部門中有一個攤位，送的娃娃是音速小子的五隻不同人物的玩偶，但小孩子得到玩偶的時候，都會直接跟我說他要某某，譬如：I want Tale. 我就會在內心想說：最好是老娘知道誰是 Tale，我熟的是美少女戰士所有水手。

所以我就會反問說你要哪一個顏色？

如果有人要我交美國工作的心得報告，我第一條就要寫：我現在跟音速小子好熟！我全部搞清楚了，主角藍色叫 Sonix、黃色叫 Tale、紅色叫 Naco、粉紅色是女生叫 Amy，黑色最紅，叫 Shadow，大家都要他，他就是馮迪索，明明在玩命關頭電影中是配角，但卻比保羅沃克來得夯。

美國工作的心得報告：
難怪老美要信基督教

既然寫了第一條那就順便寫第二條，那就是：難怪老美要信基督教。

　　老美就是一個浪費帝國，全部沒賣完的都要丟掉丟掉丟掉，我朋友在布希花園中是在餐廳工作，他們每天都要狂丟大量的食物，真的是完整無缺沒過期的美食，全部都要丟掉！可以餵飽全肯亞一天的那種份量，那到底為何不做剛好就好？

　　至於我的遊戲部門，是不用丟食物，但我們每天打掃不是用抹布，是用廚房紙巾！有多前衛！不管擦什麼東西，任何東西，我們都用廚房紙巾！我們沒有抹布這個東西！所以每天我們用掉的廚房紙巾都可以繞著地球跑，給地球當圍巾，地球圍巾。要是節儉的台灣任何老闆看到美國看到我們用廚房紙巾打掃，一定嚇到需要收驚。

　　好險美國人不信佛教要信基督教，不然全部通通下地獄！美國人浪費的程度真的會讓觀世音菩薩氣到親自體罰他們。

　　我遊戲部門的主管，是一個年紀非常小的美國女生（當時約莫17歲），比所有外籍勞工都小個3～4歲。美國電影沒有騙人，金髮碧眼的女王蜂是貨真價實存在的，她就是電影《辣妹過招》裡面的女主角Regina，因為她非常機歪，就叫她機娜。

　　我們通常是9：30打烊，我們部門也不是賣吃的，沒有爆米花機要刷也沒有碗盤要洗，只要做簡單的打掃就好，就拿地球圍巾跟穩潔到處噴噴擦擦即可。最多最多半小時可以掃到很乾淨，總裁看

美國人浪費的程度真的會讓觀世音菩薩氣到飛越太平洋

到都會想幫我們加薪。

　　誰說做人沒有辦法天天過年？有，就我們！機娜統治的部門就是天天過年！

　　機娜可以逼迫我們掃兩小時，每天掃兩小時，每天都是過年大掃除！

　　各式各樣客人看不到的地方要我們爬進去掃，連天花板她都叫我們掃！等我們掃完她就會領著一票小主管過來一攤攤檢查。總統出巡，女王蜂哪裡看不爽就是──重掃！那我們在掃的時候機娜在幹嘛？喔，在辦公室吹冷氣以及想明天要掃什麼地方才可以把我們整死。可能想說下次要我們拿紙巾去擦園區樹木的每一片葉子上的灰塵，或是叫我們用梳子梳每一隻娃娃。

　　她要是來當台灣衛生署署長，台灣肯定一天之內比日本還乾淨。

　　掃兩小時之後，可以下班了嗎？NO！每天過年掃除後，都還要聽機娜演講，她都講什麼？廢話，還能講什麼？就是講廢話。每天都在誇獎我們好棒好棒好棒好棒！我很感謝你們～希望大家每天都這樣有好表現！（配上女王蜂36顆牙齒全露微笑。）

　　這樣的內容，每天都要演講一輪，時間抓半小時，所以都講到12：00AM才放狗下班。仔細想想她根本是脫口秀天后，這麼簡單的內容每天都可以講到半小時，還可以每天講一次。

　　很多心靈勵志叢書還是證嚴法師都有說過，要說好話，多誇獎別人，帶給別人正面能量。錯了！天大錯誤！機娜每天這樣誇獎我們，我每天真的非常想拿麥克筆直接插到她鼻孔，字級一兆寫：**妳是大逼區（bitch）！狗們很想下班！讓我下班！**

　　因為每天我們都是全樂園最後下班的一批人，天天掃到大半夜，每天回到宿舍我都氣得大吼：我是要賺到一億回台灣嗎？（樂園是時薪制。）

　　有一天我發現，機娜演講的時候，波蘭同事們在旁邊笑開懷，每個都笑得心花怒放。我想說靠，該不會是前共產國家思考邏輯特別奇特，他們該不會被誇獎就真的以為老美很愛我們吧？機娜根本不愛我們好嗎！她就只是一個17歲就更年期的女王蜂，所以女王蜂每天都要把我們囚禁到半夜做她的性奴隸！

　　於是我很好奇的問我旁邊的波蘭妹同事：「你們在笑什麼？」

　　她說：「我們在用波蘭語罵那女人是個臭婊子。」

　　哈哈哈哈哈哈哈哈哈哈哈哈哈哈哈哈哈哈，共產主義出來的子民，真的很不一樣，但原來取笑別人，可以達到無國界，都一樣！

　　講到波蘭，到這裡我要把話題岔開，我要先鄭重介紹我一位同

事波蘭帥哥，這傢伙身高188是波蘭歐巴，長的是馬修麥康納那一類型，讓我稱他波蘭馬修好了。

波蘭馬修極度紳士，都會幫女生們開門，還拉椅子，然後一天到晚都說：「讓我來為妳做吧！」

然後有時候就遇到某些情況：例如客人很靠腰，他就會看著妳會心一笑，然後單眼眨一下。媽啊，是一兆伏特，紳士又放電，歐巴統治溫蒂！眨單眼這件事情真的很容易讓人像顏面神經失

「Oh my lady～
讓我來幫妳開門吧～
還有什麼可以為妳效勞的呢？」

波蘭馬修～讓我綁架你回台灣吧～～～

調，包括我自己眨的話也很像。但波蘭馬修完全駕馭眨單眼這件高難度的事情，讓我當年一直肖想把波蘭馬修綁架回台灣拍賣！

除了在原本的遊戲部門上班，有時候我在週末，會被調去布希花園的夏日演唱會工作，是要賣紀念品。邊賣紀念品邊聽演唱會。

每個禮拜來開演唱會的歌手都不同，但他們都有一個共通點就是：很過氣。

沒有歐巴！沒有女神卡卡也沒有雷哈娜或瑪丹娜！

都是美國八〇年代的巨星來開唱，現在全部都約莫是王夢麟之類的老爹！

之前看電影《K歌情人》時，裡面有一段劇情，女主角問過氣歌手休葛蘭說：「那你現在該怎麼辦？你要何去何從？」

休葛蘭回答她說：「我可以在布希花園的夏日演唱會唱歌。」

不就我本人賣紀念品的演唱會嗎哈哈哈哈啊！天啊布希花園老闆看到這段台詞會不會氣得砸電視？

其中最最紅的是一個老爹，我們賣他紀念品賣到手軟收錢收到手廢掉，我手上有大把大把的美金，我都以為我在拍黑人嘻哈歌手的MV。

一個美國阿罵眼睛充滿星星的對我說：「小甜心～我上一次去

他的演唱會是 1982 年！」

　　我回答她：「真的是很棒，但我生於 1985 年。」

　　不是我做人很機歪要這樣打擊美國阿罵，是因為阿罵一直想要跟我聊她親愛的老爹，但我真的不認識！不要逼死我！我無法跟妳聊老爹！

　　但我想三十年後，老娘六十歲那時，我跟一個二十歲的小毛頭說：「小甜心，我 2015 年的時候去看了夜店天王 Pitbull 演唱會！」

　　小毛頭應該會回我：「真的是很棒，但我生於 2017 年。」

　　不～～～

史上最沒禮貌的遊樂園服務員

我承認我很不適合做任何服務業。

我室友說，經過我的攤位，真的都會被我的一張臉嚇死，她說：「到底誰欠妳八百萬?!」

我：「下個月就會是八千萬了。」

我各國同事，也一天到晚求我笑一下，連我的黑人組長都會很認真的對我說："DANNY U R A GANSTER."（丹妮，妳是幫派份子。）

靠，亂講，他是一個老黑，明明就是他才長得一臉毒梟樣！我是可愛的台灣少女好嗎？

我的臉到底有多臭？

我到底臉有多臭？

曾經有兩位美國青年過來我的攤位玩遊戲，他們贏到娃娃之後立刻把娃娃送給我，我很驚訝的問他們：「為什麼要送我？」

他們說：「因為我們看妳好像心情很不好，很無聊，所以特地來玩遊戲，就是為了把娃娃給妳～」

哈哈哈哈哈，我臉到底多臭？

我好感動，雖然我沒有告訴他們實情，我們根本不能把娃娃帶走，但我很高興的收下了（然後默默放回櫃子裡面）。

我臉會如此厭世，不要怪我，是美國人真的就是傳說中的「大屁股不用腦」大國。我的耐性徹底被花光，沒有任何存貨。

我的工作再簡單不過，站在各式各樣的遊戲攤位收錢而已，頂多解釋一下遊戲規則，心情好的話會再跟客人多聊聊遊戲的技巧。所有遊戲的價錢跟規則，都會清清楚楚的寫在每一個攤位的板子上面，所以我們外勞通常也懶得開金口講話。對，講得很膩了，完全不想講了，美國天氣很熱，有40度，所以少煩我們。

至於板子有多清楚，舉個例子好了，大概是以下這樣：

1 play 2 dollars.

3 play 5 dollars.

Knock all the cans off the table at one time and you can win choice

prize.

（譯：把所有的罐子擊下桌子。 "off" the table，擊落桌子。）

大致上是這樣。

但是……

但是……

但是……

大部分的愚蠢美國人，不論大人小孩，他們會盯著板子約莫十秒、三十秒。是的，他們是在閱讀。

但三十秒後轉過頭來問我（還歪著頭，一臉非常非常疑惑貌）："How much is it?"或是"What do I have to do here?"

我的槍要上膛了，核能武器要輸入密碼了。那你剛剛是在看啥小！上面就幾個英文字！你的母語！那你幹嘛不直接問我？你讀屁？而且你到底為何看不懂你的母語?!

如果偶爾一兩個客人這樣就算了，婊姐也不是脾氣真的爛成這樣，但不！是天天！天天！ every single day ！十個美國客人有十一個會有這種行為。最氣人的是還會問妳：「那要是罐子全部倒在桌子上呢？這樣會有獎品嗎？」

沒有、沒有、沒有、沒有、沒有！NO速就是NO速！少在那裡給我消貪！（婊姐辭典：台語，貪心）

不是down the table（倒在桌子）是 off、off、off（擊落桌子）。

我跟我土耳其同事約好，臨走前一天，要是再度遇到這樣的美國大咖稱不用腦客人，或是看完板子再問How much is it??

我們要大拍桌子，大吼：“Give me one million dollars and I will let u play rest of you life!”（譯：給我一百萬美元，我會讓你玩一輩子！）

我居然沒有被開除？哈哈哈！

有一些遊戲其實根本很難，幾乎是不可能成功的得到大禮物，但人總是貪心的，很多美國小孩都很自不量力，當我講解完之後很多都會說：

“Oh, it is easy! I can do it, mom!”

壞婊姐我就會冷冷的回一句：“No, it is difficult.”

我毫不客氣的用兩隻手掌拍破小孩的泡泡。天啊，我怎麼沒有被開除啊？哈哈哈哈，對不起，我實在忍不住潑小孩冰水，還是卡車司機最愛喝的那種結冰水。

但其實我也是某種程度的心地善良好嗎？因為有一些遊戲根本是騙人的，根本玩到傾家蕩產都別想拿到大娃娃！但就是 impossible games，叫湯姆克魯斯來玩，他也照樣是拿不到大獎好嗎？

有時候快關門的時候會有一些笨客人來到剛好我站的「不可能遊戲」，我就會直接說：「不要浪費你的錢，這是不可能贏的，趕快回家去！」

一方面我是心地善良，再來就是我是好員工，老娘要趕著打掃

打烊，準時下班是一種美德，少拖我時間！

「大喀稱不用腦」的客人逼死我

整體的美國人都是「大喀稱不用腦」的客人，但關於奧客，美國十個奧客當中，有九個是黑人。在此買一個200元的小保險，我沒有歧視老黑，混過美國的會知道，是很多老黑歧視老華。我會有另一篇闡述我對黑人們滿滿滿滿滿的愛～

有一次，一個超胖的黑人媽媽，她帶著一群她生的小黑人，走到我的攤位，狂問我問題。就是好萊塢電影裡面的那種big mama，例：絕地奶爸，一屁股坐在我身上就會把我day洗（婊姐辭典：台語，壓死）的那種。

本人聽得很吃力，廢話我又不是黑妞，要是我跟她講台語，big mama照樣聽得很吃力好嗎？

反正～客人的問題就是那幾個，因為老美大喀稱，所以問的問題都差不多。

我就老樣子，有禮貌的，慢慢的把規則敘述一遍，然後他們又繼續狂問，搞得我好像在召開什麼記者會，台下的記者瘋狂發問。所以我又再解釋了一次，他們還是，完全沒在聽我講話，不停的打斷我跟問我問題！

　　我發現～可能是我說話方式他們聽不懂，或許是我英文太爛？但我上班這麼久以來，也沒有跟客人有什麼溝通上的問題啊？但不管怎樣，我還是要想辦法服務客人，所以我只好指著寫著相當清楚的規則板子請他們看，我想，這樣他們就能理解了。

　　他們看了一秒，對，一秒，又繼續瘋狂問我規則。逼死我逼死我逼死我！

　　我又只好再指著一次板子。

　　但，那位十四歲左右的小男孩還是看了一秒繼續問我同樣問題。

　　我內心驚覺說：天呀該不會他不識字吧？美國這種先進大國，會有文盲嗎？

　　結果我犯了一個天大的錯誤，我腦子跟嘴巴的連線太暢通了，所以我脫口而出，用很悲憫的口氣問小男孩說：「你不能閱讀嗎？」

　　Big mama就以蘇維埃火山的方式大爆炸了。她大罵我很無禮，為何說她小孩不識字！！

　　吃驚的buffet，我不是鄙視她小孩，我是真心誠意的以關心的態度問這問題，我居然玩了全天下最危險的遊戲，誠實運動！

　　她真的就指著我的臉大罵，都快摸到我臉了吧，天呀我在看HD的好萊塢電影！

　　她好胖，真的就是標準電影絕地奶爸那樣的身材，一百多公

斤！

　　但，我也沒有害怕，因為，幹嘛怕一座很黑的山？我就一派悠閒的兩手靠在後面（後面有個檯子可以扶，我就用帥哥姿勢聽她繼續狂吼）。

　　我會如此悠哉有一個很重大的原因是因為～黑人講話我也聽不太懂，哈哈哈哈哈哈哈哈哈哈哈哈哈。

　　她看我面無表情就更氣，big mama說她不玩了。

　　我內心想說，天啊！終於～～～再罵下去，我真的回國很想再度進入南陽街補英文，因為我越聽越自卑，怎麼什麼都聽不懂啊？我英文到底多爛啊啊啊啊啊～

　　於是，他們一群人就慢慢走掉。我就翻了一個很大的白眼，可以讓眼白瞬間長出六塊肌的那種白眼。

　　那不識字的小孩回頭看到，就跟他的big mama告狀。嗯哼，英文字不認得，白眼到是認得，幹得好。

　　黑人mama怎可能吃得了這種虧，拜託，他們好不容易脫離當奴隸，現在是揚眉吐氣的年代，於是，big mama又衝回來再繼續罵我。

　　這讓我真的很困擾，因為這一次，我真的忍不住了！我忍不住笑出來了！

因為我真得覺得他們一家人好可悲好像胖猩猩，又全家不識字，我能不笑嗎？哈哈哈哈哈哈哈哈哈哈哈哈！

板子上面就寫：

1 ball 2 dollars

3 balls 5 dollars

我一個東亞病夫都看的懂了，他們居然一直無法看懂，我用講的，他們還是聽不懂，那都是英文英文英文英文英文，但全家不停的問我同樣問題，讓我當下以關懷之心，關心他們該不會沒有受到應有的教育，雖說美國很先進，但總是也有可能有文盲的，結果，我就被罵了。

電影裡面的 big mama 通常都是跟上面那一位一樣，典型的黑胖機歪，但我們做人不能這樣以偏概全刻板印象，沒想到，好萊塢電影沒亂蓋，黑人 big mama，還真的都是黑胖機。

我的黑 ma ma 主管

我有一位很機車的黑人 big mama 主管，她是個臭婊子本人，婊姐招牌給她，再幫她裝滿 LED 燈泡。

她就是標準大怪咖，相當情緒化，心情不好就吼妳，但又會突然心情很愉悅，每天在搭情緒笑傲飛鷹。

她明明才19歲但卻很像更年期又面臨便祕的婦女。我跟我的俄羅斯同事都很認真的思索過後，覺得她應該是太醜沒有男人要所以只好把氣出在我們身上。

她很愛透過她那副小小的眼鏡瞪著你，但卻不說話。那副眼鏡很小，如同國家寶藏裡面老吉的墨鏡。讓我都不知道她重點在那裡，有話請講，不要這樣深情的瞪著我，很恐怖！

自從有一天我發現這死胖子就是欺善怕惡的時候我再也不會怕她了。

因為本人很不要臉，上班都不好好站在自己的位子，總是要到隔壁閒扯聊天玩鬧（但也不只我這樣，大家都這樣）。我正跟某位黑人帥小弟Darnell玩得正愉快時候這臭婊子出現了。

先解釋一下，其實其他主管大部分人都很好不會打斷我們，還會加入我們的玩鬧行列，就算我們偷偷坐下他們也都不會怎樣。我本身有坐下特權，因為我膝蓋動過手術，但像有些婊子就真的會不停的叫我站起來，不管我的膝蓋已經腫到兩倍大，我內心都不停詛咒他們哪天讓卡車壓碎他們膝蓋。

場景回到臭婊子出現，這消刺啊（婊姐辭典：台語，瘋子）開

啟big mama模式，不停的嘶吼我們，天啊，黑人真的是生來唱rap用的，生性愛抱怨。

我只好很識相的回到自己的崗位，但是！她又不放棄的過來嘶吼我。不停的說：「妳知道妳要站在自己的位子上嗎?!?!?!」然後重複了兩千萬次。

雖說她才是婊姐，但我再怎樣也是一個毫無修養的少女，於是我也很大聲的說："Ok! I know!!!"（真的很大聲。）

然後她還硬要再講，big mama還真的都不聽人講話，所以，本人的火爆浩客靈魂被喚醒了，我就是綠巨人浩克他本人我承認，我

脾氣不停的會在爆炸邊緣。我下了最後通牒，嘶吼說："ok I know I will stay here every second!!! "

然後她還死不走，又拿出了那套瞪人不說話的把戲了。

我內心下定決心死都不認輸，我這張凶狠的臉沒有在開玩笑的，我這張幫派的臉讓多少老外同事每天都拜託我笑一下，我怎麼可以在這種瞪人的比賽輸陣？雖說對手是強勁的黑人big mama本人，我也是要挑戰。

我跟她就這樣互瞪了三十多秒都不講話，要是當場有一滴雨飄到我臉上一定是馬上結冰，我當下是納尼亞的雪后。

這場婊子奧運我是不會輸的，我平常放空的臉就很凶狠，同事常常問我在氣什麼？但殊不知我只是在煩惱中午要吃什麼或是晚上要找誰喝酒！

此時更是火力全開，我的眼神想必是殺人武器，身後有龍跟鳳在飛！

母親邱女生我這張凶臉沒有白生，婊子奧運金牌得主要出來了。

Big mama最後漸漸嚇傻了，怯生生，小小聲的問我說：「丹妮，妳在生我的氣嗎？」（小白兔音）

唉呦喂啊，我內心當場笑炸，哈哈哈哈哈哈哈哈哈哈哈哈哈

哈，我踢進婊子世界盃了！

　　但我還是一臉很冷漠的說：「沒有。」

　　我贏得了婊子世界盃冠軍，持久戰贏了，表弟妹，千萬不能輸！

P.S. 婊姐在此強調，我其實很愛可愛的老黑，我在美國非常成功的打入老黑圈，當時我跟一大群老黑男男女女同事每天認真玩耍and 認真調情，但沒有認真上。哈哈哈。

為何可以跟電影一樣調情？嗯哼，我的大屁股在台灣吃鱉吃到飽，但在老黑眼裡就是性感女神，老黑界的史嘉蕾喬韓森或潔西卡艾芭，但在台灣就是兩津堪吉！（請見《烏龍派出所》）

我們，一起嫁到哈薩克吧！

　　表弟妹們不知還記不記得，在2014年7月的亞青女排賽中，有一位哈薩克甜心莎賓娜在台灣忽然爆紅，因為她超正。但其實早在2007年，我跟我其中兩位室友當年在美國，就立志要嫁到哈薩克這個神祕的國家。我們很早就很哈哈薩克了好嗎！

　　說到哈薩克，我要先大罵一下：「是哪個台灣混蛋把這國家翻譯成哈薩克？明明英文是Kazakhstan，怎樣都不會是哈薩克啊，莫名奇妙。」

　　這國家的人也很莫名奇妙，長的都跟台灣人一毛一樣（婊姐辭典：一模一樣）。我第一天到美國的時候，直接對一位哈薩克女生說：「喔，妳也從台灣來啊！」（我用中文說。）

然後她過了三秒回我說："No, I am not from Taiwan."（居然用英文回我。）本人尷尬敲門、尷尬到家，糗到天邊狂道歉。想必他們常常被誤認為台灣人。

哈國歐巴到底怎樣紳士？

那為何我們台灣女生要立志嫁到哈薩克呢？起因是我在美國的一位室友，她叫做小張。

小張的工作是在樂園的小餐車工作，是賣熱狗、爆米花、飲料之類的美國大喀稱垃圾食物。做餐車的每天都要輪到不同地點的餐車工作。小張的同事有三位哈薩克男人，第一位叫做DJ，這是他俄語名字的縮寫。員工可以自己在名牌上面選擇要打什麼字，所以他名牌上，真的就寫DJ二字，人帥名牌也帥。

因為全部的外勞都住在同樣的員工宿舍，所以當我們要聊天的時候都會把人物全部翻成中文，不然講到英文名字怕隔牆有耳。我們稱DJ為「混音師」，第二位叫Berik我們稱之為「老貝」，第三位Adic稱之為「阿先生」。統稱：哈國天團。

這三位哈薩克人有千秋，但共通之處就是：**他們對女生都超·級·無·敵·好**。重點是，不管妳的美醜！

小張只要去扛個冰塊，他們就很像看到鬼一樣，馬上大

Berik「老貝」

DJ「混音師」

Adic「阿先生」
(不重要，所謂團體中的屎貨)

哈國天團

吼：「妳在幹嘛，趕快放下！」然後立刻使喚美國男人去扛。
這就是，歐巴～～～

　　DJ跟老貝的等級是小主管，所以他們的工作是要穿梭在各個餐
車之間來回補貨，管理各個餐車。小張每天下班，都會開啟溫蒂模
式，跟我說只要是哈薩克人來補貨的時候，都可以感受到哈國人的
貼心。

因為餐車中的爆米花機器裡面有一個類似鋼杯的東西，要先放滿玉米再灑鹽巴。機器旁邊有個量杯裡面裝奶油還幹嘛的，而每次DJ補貨完的時候，那些東西都會滿滿的裝好整齊的放在爆米花機裡面，完全就是家庭小精靈多比。

但美國人主管不是，每次貨丟了就帶走一片雲，連冰塊都要女生自己搬，不像哈國歐巴，他們還會幫妳把冰塊倒進去冰櫃！

倒冰塊這件事我有天天親自驗證！

我個人當時在遊樂園每天厭世上班的時候，很常看著對面的餐車發呆。有時候是老美小主管來補貨，就真的是冰塊好幾大包丟在地上。那一包冰塊，是跟屍體一樣大包，丟完，一片雲飄走。當下顧那位餐車的女生（國籍不一定），就是要一個人很像搬屍體一樣，想辦法把冰塊扛起來，打開，倒進去冰櫃。

好，鏡頭回到我的哈國歐巴。每次只要是我的哈國歐巴DJ來補貨，他都戴著雷朋墨鏡，超帥，他不會讓女生動手做任何粗活。他會把一大包冰塊扛起來到冰櫃上面，手去拉腰間的ID卡（ID卡是可以拉長的，就像是有一種遛狗的鍊子，可以被拉長），劃破冰塊袋，倒進去冰櫃。

戴著雷朋墨鏡→扛起大包冰塊→手拉ID卡→劃破冰塊袋→倒進

帥度破表三步驟

1.扛冰塊

2.用ID卡劃開冰塊包

3.補冰塊

去冰櫃。

　　帥到我當場自封他是我的未婚夫！他每天這一系列動作，帥到每次當他要抵達餐車補貨的時候，我都想去接機！我要做海報去接機！我的未婚夫DJ歐巴，他是我生命當中，遇過最接近歐巴的人！

　　下班的時候，因為我們這種去打工的外籍勞工沒有車子，所以只能在遊樂園等一小時只有一班的接駁公車回宿舍。這班沒搭到，

那就是明年才能回到宿舍，比龍貓公車還要難等。

　　但整個遊樂園的外勞都差不多同一個時段下班，所以就會變成印度人搶搭公車那樣，真的是連車頂跟司機北北（婊姐辭典：伯伯）的大腿都想坐，誰想要再等一小時啊！

　　所以，上車就是憑本事，沒有人在排隊的，沒有人在分紳士跟淑女的，全部都用搶的上車。每一國的男男女女都在玩上車憑本事的遊戲時，平常聊得再好的男同事女同事此時也都是六親不認，就是搶！唯獨有兩次我遇到DJ也在等車，他一手擋著後面要搶上車的男生，然後轉頭對我說："Danny, lady first."就讓我先上車了。

　　司機北北！這班車可以直接開到拉斯維加斯了，我要立刻跟DJ結婚！

暗戀他和買福袋一樣划算的哈國歐巴

　　而且哈薩克人一天工作十六小時，週休一天，說有多認真就有多認真。

　　他們都是打掃狂。打烊後，其他員工拖把隨便寫個兩個王羲之的書法就趕快回家，但DJ跟老貝居然都會拿菜瓜布刷地板！童養媳嗎？每天都會刷一些櫃子底下根本不會有人去踩到的地方，反正就是清掃狂就對了，嫁給他們完全就不用做家事了啊！

不只如此，這兩位還每天都要把飲料機器或是爆米花機，反正能想到能拆的地方通通都要拆下來洗，連把手都要洗，非常適合開清潔公司。其他美國人還是別國人才沒有這樣洗刷這些器具，都馬髒得要死，擺明要讓老美吃了爆米花回家勞賽減肥用的。

那些器具拆下來之後其實很不好組裝回去，比魔術方塊還難。小張有一次裝過，裝完過了約莫一秒就全部天女散花散開。但是，DJ，他是哈薩克天神，哈薩克歐巴，他很有才華，只需要花兩秒，就可以組裝好！但DJ不只是這樣。

有一次小張很智障不小心把她置物櫃的鑰匙鎖在櫃子裡面了。老貝在那邊想辦法幫小張開鎖，真的開得滿頭大汗，汗水就從頭頂上流下來。老貝在忙了十分鐘還是沒有著落的時候，DJ剛好經過接手。

他花多少時間打開？答案：一秒！真的是一秒鐘！！！

我們台灣少女能不崩潰嗎？女生一向喜歡有才華的男生，我曾經聽我的女性朋友，她暗戀她身邊一個男生，因為他很會畫設計圖，她說她真的覺得他畫設計圖的時候，帥到天邊令她大排卵（婊姐辭典：臉紅心跳）。但是～DJ的才華是：什麼都會！暗戀他就跟買福袋一樣划算。

又會混音（既然他名字都叫做DJ了）、又會打掃、又會組裝機

器、又會開鎖、又會補貨！萬能DJ！補貨的時候還戴雷朋墨鏡帥
歪，有一次我還看到他在樂園做棉花糖，萬項全能！搞不好哪天還
去操縱雲霄飛車！

　　所以當年我跟我小張還有另一位室友妮可拉，三人都立志要嫁
到哈薩克！因為他們會幫女生什麼事情都做得好好，我們就當哈國
的孫芸芸就好。當然，我個人的部分是要嫁給DJ本人，他如果有
辦見面會，我一定是會買第一排搖滾區的溫蒂，我要參加他的握手
會！！

　　以上講這麼多，溫蒂們一定會很羨慕我跟很帥的DJ歐巴
很熟，跟整組哈薩克天團很熟。喔，完全不熟，可以說是，
完·全·不·認·識，哈哈哈哈哈。他們是小張的同事，不是我的同
事。我只是每天聽小張講他們的故事，我都當成韓劇在看！搞得我對
他們瞭若指掌，哈哈哈哈哈哈哈，我根本可以幫他們組成後援會好
嗎？DJ抵達台灣我一定是包車接機！

歐巴喝醉一秒變消郎

　　鬧劇來了。有一天晚上，宿舍有盛大的PARTY，小張與幾個同
部門工作的台灣女生同事跟哈薩克天團約好要一起去參加。那干我
屁事？喔，我被小張抓去說要幫她們拍照，婊姐就是跑龍套，完全

不關我的事情也軋一腳。

　　哈薩克天團跟我們住的宿舍有段路，時間到了他們一直遲遲沒有出現，等到半夜三位仁兄終於出現，活脫脫大鬧劇的開始。

　　阿先生一秒鐘前跟馬子分手，所以徹底喝醉活脫脫是一個消郎（婊姐辭典：瘋子），一抵達派對現場就亂抱人跟人求婚。而我的未婚夫 DJ 歐巴，一來就滔滔不絕跟我講話，我內心想說：未婚夫你在幹嘛？我們又不認識，但也 OK 啦，哈哈哈哈哈哈。

　　阿先生因為渾身酒味馬上就可以辨認這人醉了，但 DJ 身上沒有味道，又很鎮靜的跟我聊天，我本身被騙過去以為這人沒醉。

　　DJ 歐巴問我：「我有像喝醉嗎？」我說：「沒啊，你非常 ok。」

　　過三秒我馬上要收回這句話，用快捷包裹寄給自己。

　　因為 DJ 歐巴突然瘋狂抱每位經過他的女同事，還跟一位金髮女郎喇舌，醉歪了他，行照駕照當場吊銷。

　　唯一一位清醒的穩重老貝完全對他其他兩位脫韁野馬好友很無奈，這樣是要怎麼照相呢？老貝不停的跟我們道歉，到最後好不容易拍好，真的是好不容易，我總算幫他們拍好照了！

　　再來進入鬧劇高潮，DJ 跟我說他想要尿尿，他要進我們房間借

廁所。其實女生宿舍是不准有男生進去的，但誰鳥這規定啊，美國不是淫蕩大國嗎？這好像是要規定巴西人不能踢足球啊！所以大家都還是會帶男生進去宿舍（不見得要幹嘛）。只是要用偷渡的，因為被逮到就是很麻煩，會被罰。

但小張當時在跟她心愛的老貝聊天，對，她哈的是老貝，她才懶得鳥DJ歐巴。所以她把帶DJ進女生宿舍尿尿這件爛事丟到我頭上。

好不容易DJ上完廁所了，婊姐想說OK OK，這鳥差事可以結束了，當我準備領他出房間的時候，DJ就……賴著不走！

表弟妹，婊姐人生當中唯一中過一次大樂透，就是在多年前的這一晚。

他很有禮貌的問我：「可以在妳們房間坐一下嗎？我想要多了解妳一點。」

「我想要多了解妳一點。」「我想要多了解妳一點。」「我想要多了解妳一點。」

婊！姐！茂！洗！（婊姐辭典：賺到），彷彿拉霸拉到777的777次方！這就跟我帶蘇志燮去尿尿，然後蘇歐巴對我說「我想多了解妳一點」有何兩樣，哈哈哈哈哈哈哈哈哈，但當年我還不知道有蘇志燮就是了。

「可以在妳們房間坐一下嗎？
我想要多了解妳一點。」

中獎啦

所以，我倆就坐在兩張椅子上上演促膝長談爛戲，為何是爛戲不是浪漫戲？沒有天雷勾動地火外加海嘯地震的老套戲碼嗎？沒有！因為喝醉的人其實真的沒啥好聊的！就是盧小，再怎麼像歐巴，只要喝醉，也就是盧小的歐巴而已。

由於跟醉漢聊天真的是太累人了，而且畢竟我這人心思很純潔，所以我也沒有要撞破花瓶的意思。而且，宿舍外面現在正有大派對在進行，哈哈哈哈哈哈，我實在沒有心思在這裡跟歐巴錄《真情指數》的節目。

於是只要逮到機會，我就會說：「ㄟ，樓下你朋友在等你。」

DJ歐巴一直說：「喔，沒有關係的。」

雖說被歐巴挾持的感覺真是有夠美好，但派對真的比較吸引我，哈哈哈！心靈點燈時間可以下次嗎？而且我也很怕警察進來宿舍抓人！

我內心一直想說：馬的，樓下的人什麼時候才會發現事情不對，要上來救我？

好不容易，熱戀中的小張總算發現小丹妮被綁票了，來到房間救我。

但我前面說過了，喝醉酒的歐巴，也不過就是盧小的歐巴。我們怎麼好說歹說要請DJ歐巴下樓，他就是死都不想出房間。

於是小張下樓，叫死不肯進女生宿舍的老貝進來。老貝原本還死不願意，說進女生宿舍不好，小張就冷冷的說：「DJ廢話有夠多，不肯下樓。」

老貝只好很無奈的上樓，用俄羅斯語命令DJ下樓回家。哈哈哈哈哈哈，天啊，華人臉孔，講俄羅斯語好帥啊！

嗯哼，本篇就是溫蒂發花癡文，這一晚是我人生的樂透之夜！

　　最後附上一張我與DJ歐巴的定情照，因為他突然抱緊我嚷嚷要
照相，旁人只好趕緊幫我們照一張，我笑得有多尷尬，尷尬敲門，
尷尬到家。

婊姐被喝醉的哈國歐巴DJ強摟的
世紀合照。我請顧問小張去她電
腦深處挖出來的。我當時跟她說：
「幫我找我跟DJ的世紀合照，
他穿馬戲團褲子準備去滾球的那
張。」

毒梟臉婊姐該和誰通婚最適合？

有一次我跟室友總算有空去宿舍的戶外游泳池游泳健身，想說吃太胖了要來運動，不然再這樣下去，有一天我就會胖到買美國大賣場裡的那種超大奶罩。那種超大奶罩就是給美國 big mama 穿的。

在台灣看到大奶罩，大家都會笑像碗公。但美國的大奶罩，不是碗公，是臉盆，嬰兒根本可以進去泡澡！還可以一次洗兩個嬰兒，一邊一個，帶黃色小鴨進去也夠。

我真的太害怕奶變成臉盆大小了，所以我抱著要參加奧運的心情，進到宿舍的游泳池。我是要進去消耗熱量的，美國食物的目標就是讓人得三高，我必須瘋狂游泳。

但我大錯特錯，我宣布美國的任何游泳池，根本無法游泳！

美國的游泳池，為什麼不能游泳啦！

因為我游到一半，都不得不停下來，不是游泳池裡面有紅綠燈，是因為這邊一對在摟摟抱抱喊「yeah baby」，那邊一對在玩情色「你好討厭喔～」的潑水

SIZE: 85DDD
MADE IN USA

小遊戲。大家根本沒在游泳，都馬在調情！猛然一看，每個女生都穿比基尼，奶都要飛出來了。天呀！我該不會潛到水裡一看，水中有很多烏茲衝鋒槍吧！

往岸上看救生員，就是很帥的小哥躺在岸上，在拍A&F廣告，他還放一些嘻哈歌。就MV裡面一定會有一個大金牙老黑摟三個辣妹灑美金的那種嘻哈歌。

原來美國電影裡面那種戶外池子裡面，比基尼女孩手拿一杯蔚藍海岸調酒，手會撫摸身邊那位小甜心猛男的胸肌，完全是真的。而且仔細想想，電影中那種調情小泳池裡面，壓根沒有人會像我一樣水花「嘩嘩嘩」地來回以奧運姿態游泳。

哈哈哈哈哈哈，老外一定都很恨我，想說：「這亞洲怪妹到底是誰？我們在調情，亞洲怪妹的水花都噴到我們臉上了。」

整座游泳池都是我的奧運場

　　我住的宿舍，真的極度極度super 適合調情，我真的要封它為全世界最適合調情的區域。都是草地跟樹，然後大道旁邊都是昏黃的燈，又有一些木頭長椅，最重要又有那個無法游泳的調情小泳池，導致所有人都調情到歪。每天邱比特不是一隻，是整個天堂的邱比特軍隊都要到這裡射箭，還要加班射箭，射不完。孔子本人要是踏進我們宿舍區域一步，他真的會立刻氣到中風。

　　所以在這樣的氣氛之下，和尚走進來，可能都會立刻還俗大喊：「我要談戀愛」！

真的太恐怖了。走進這宿舍，大家都會瘋狂想要戀愛。所以，擁有黑道毒梟臉的我、生來沒被噁康追過的我，就在我的調情宿舍，遇到了人生當中第一也絕對是唯一的一個噁康──印度噁康。

他跟我示愛的時候很激動，所以我稱他為「印度馬景濤」。對，不是歐巴，婊姐歐巴NO速，是**印**‧**度**‧**噁**‧**康**。

不能通婚民族 1：印度噁康

印度馬景濤他完全不聽我理性的拒絕，當下相當激動，完全不聽我講話。一直盧盧盧盧盧……盧什麼？盧我愛他！媽的，誰是你的印度陳德容啊?!這種事情用盧的會有用嗎？那我現在就去韓國盧車勝元！

後來我回國之後，他寫Mail給我，我想說當當朋友也是OK。信件一開始在敘述他的日常生活，是一封非常正常、異國朋友之間的信件，我帶著愉快的心情一路看信，直到最後一句：

No.bye miss u dear. Take care. Yeah but i still love u.

yeah屁？噁康永遠就是噁康！氣得我很想拿鉛筆插破螢幕！天啊，到底是多執迷不悟？難道我這種毒梟臉，到了印度，變成印度

的史嘉雷喬韓森嗎？

　　我對印度人絕對沒有種族歧視，我愛死印度菜了。但在美國的時候，有一大群印度人也住在宿舍，他們真的是一群，很難跟他們通婚的種族。哈哈哈哈哈哈哈……

　　他們穿衣服全身顏色都很跳，跳到101頂樓，非常容易可以為他們命名，例如……那個……印度大香蕉。

　　很跳是無所謂，但偏偏他們男生很愛只穿外套裡面不穿衣服，也就是，外套裡面——裸體！這到底是從哪兒來的流行？還是說印度人比較老實，就直接把在雜誌上看到的拍照造型完整複製到日常生活？

　　而且他們居然可以聽美國流行音樂，但跳成印度舞，就是印度電影裡面那種印度舞喔！或是我們以前看過的那種印度妙MV裡面的印度舞。聽美國流行歌跳印度舞，這根本是跳舞天才才能辦到的啊。如果放嘻哈樂，要他們當場跳國標，或是放台語歌，要他們跳街舞，他們一定也可以！

　　當他們聽蕾哈娜音樂跳印度舞的時候，我們其他國家的人（包括波蘭、土耳其、俄羅斯等等），全部站在旁邊。講真的我不知道我的表情是什麼，因為我也沒辦法拿著攝影機拍我們自己。但我想大家都在想同一件事情，就是：收到印度派對的邀請卡，真的就是

(Ella ella, eh eh eh)

Under my umbrella

(Ella ella, eh eh eh)

在房間裝病不要去。哈哈哈哈哈！

　　印度人真的是非常特殊的種族。

　　宿舍裡面有公用的廚房，到了吃飯時間，廚房裡會有比較多人
在裡面煮飯。平常時，大部分沒人，這是天經地義的事情。但自從
印度大軍來到宿舍，廚房裡面每一秒，真的是每一秒，都會有五個
以上的印度人在煮飯。每次經過廚房，往裡面一看，就是五個以上

印度人在煮飯！

每分每秒都有印度人在煮飯！煮飯煮飯煮飯煮飯煮飯，凌晨4：03分也會有同時五個印度人在廚房煮飯！下午3：37分，裡面也會同時有五個以上的印度人在煮飯！

印度人都不用上班嗎?!我們其他人是專程去美國打工，他們目的不同，是專程去美國煮飯？所有其他國家的人都不懂，為何他們每一秒，都能在廚房煮飯？因為大家明明都在忙著去遊樂園上班啊！

還是說，是大家對印度文化太不熟了，沒有國際觀。難道印度人，一天是規定要吃30餐?!

其實印度菜是非常非常美味的，好吃到令我流淚，我當然會期待經過廚房的時候，能聞到正版的印度菜香味。但當我們大家經過過廚房的時候，不是印度菜的味，是——印度人的味。果然來自香料國度的人種，都是貨真價實的 Spice girls and boys。至於是怎樣的味道，就是，很難跟他們通婚的味道。

不能通婚民族 2 多明尼加噁康

除了印度噁康，我真的是市場完全瞄準有色人種的男人，有色人種心中的史嘉雷喬韓森就我本人，醜女真的該出國發展哈哈哈。

　　有一天下班洗澡完累到不行，我就出了房間打算去戶外坐著發呆，我就戴著眼鏡以及髮箍，亂綁頭髮，穿著阿罵短褲出房門。對，就是中年婦女要買菜然後趕去安親班接女兒再回家煮飯給老公的妝扮。

　　重點是我身上還披著鮮黃色的浴巾，印度人可能會很想跟我買。因為我剛洗好頭，懶得吹頭髮，這樣直接碰到衣服會濕答答。

　　我就跟我室友坐在一張桌子發呆，那張桌子有一個黑人在用電腦。是多明尼加人，是我的朋友，所以我對他講了一串話問候他，沒想到，這位大哥他很不爽的瞪著我。

　　原來，我又犯了我永遠認不清黑人甲乙丙的老毛病，我不小心陰錯陽差我把他認成我另一位多明尼加的朋友。這也不能怪我好嗎？誰叫他們整間房間的人都長一樣！他們根本可以幫彼此去考聯考，反正主考官也看不出來哪裡不一樣，相當方便。如果以後甲結婚，晚上要去偷吃不想回家，乙完全可以發揮友情的道義，幫他回家扮演他一天，老婆也不會發現老公換了人。我們亞洲人真的無法跟黑人通婚，這樣老公換人回家，我們都會無法發現！

　　認錯人當然是非常沒禮貌，我立刻以恭敬之心對他誠心道歉，一般人都會說：「喔沒關係～」

　　沒想到多明尼加大哥，簡稱多哥；軟硬不吃，臉非常的賭藍，

很像他剛被告知女友兵變的賭藍，他一句話都不回，鳥都不鳥我，轉頭繼續用電腦。

OK OK，多哥脾氣很差，這不就道歉了。我想他可能是剛分手所以恨世界。我也沒怎樣，就繼續在旁邊發呆。

後來，我發現他根本脾氣超好！

因為隔天，那位脾氣很差的多多哥，又在那裡用電腦。我剛好又跟室友走到他附近。這位多哥看到我的時候，眼神往我這方向射來，他臉上的表情像用麥克筆、字跡1兆的寫著：「妳是黑人女神。」

畢竟我不是自作多情之人，我還轉頭看身後想說：天啊，我後面是來了哪個大美女嗎？是不是潔西卡艾芭突然大駕光臨我們宿舍？還是逼央誰（碧昂絲，Beyoncé）來了?!

啊後面沒人！只有樹，他應該不是愛上樹，他的女神，就是我本人！為什麼？

因為這天我休假，所以有閒功夫光鮮亮麗，畫好整套的妝容，頭髮也相當風塵或是風情萬種，整個人無懈可擊像是巨星登場！甩頭髮都可以用慢動作。

當我坐在那裡跟我朋友聊天的時候，連我朋友都說：「ㄟ，那位大哥不停的用眼神強暴妳ㄟ！」

多哥完全不知道我是昨天那位把鮮黃色浴巾掛在身上、頭髮濕

濕又戴眼鏡的亞洲怪妹。他眼神很會切換，前一天是用眼神「ho溜ken」我（婊姐辭典：電玩「快打旋風」裡面的武鬥大絕招），隔天變成強暴我！

我從亞洲怪妹升等成潔西卡艾芭了！

最後，多哥凍美ㄅ一ㄠˇ了，他索性走過來，非常紳士，恭敬萬分，溫柔的對我說：「請問我有這個榮幸請妳跟我喝杯酒嗎？」

BEFORE
亞洲眼鏡怪妹

AFTER
風情萬種亞洲潔西卡艾芭

哈哈哈哈哈哈哈！

誰鳥他啊！我這人以怨報怨，當然是送他一碗羹湯喝。心中立志隔天照樣披我最愛的那條大香蕉毛巾去他面前。

貼心提醒，遇到噁康當然是可以這樣做自己，但如果遇到的是歐巴的話，那就是乖乖畫好全妝再上場！因為韓劇那種怪妹還被歐巴愛的劇情，是不可能發生的。

社交天后的成名之道

所有到遊樂園工作的各國外勞，全部都會住到宿舍，有波蘭、俄羅斯、哈薩克、土耳其、保加利亞、Macedonia、台灣等等。真的都不是一般台灣人會熟悉的國家，畢竟台灣有點偏僻，離歐洲很遠，新聞又封閉，如果網路沒有被發明，台灣的教育讓我可能到長大都誤以為世界上的白種外國人只有美國人，但根本不是這麼一回事。

維G小百科

馬其頓共和國（Macedonia），位於東南歐的巴爾幹半島南部的內陸國家，東臨保加利亞，北臨塞爾維亞，西臨阿爾巴尼亞，南臨希臘，原南斯拉夫的一部分。

馬其頓 Macedonia
明明就 曼所多尼亞
‧‧‧‧‧

老外老外，party all night ！

Macedonia，這個國名深深困擾我跟跟朋友好多天，因為當時根本不會拼這個單字，上網靠亂拼也找不到，這倒底是哪一國？

後來千辛萬苦，誤打誤撞，總算得知答案是——馬其頓。到底是哪個混帳翻成這樣？

明明就曼所多尼亞啊！

當年沸沸揚揚，拿了台灣一千萬美金然後落跑去跟大陸當朋友的馬其頓，其實我老早就忘記了這件爛事，是馬其頓人聽到我們是台灣人，立刻陪笑對我們說：「那個……對不起啊，我們政府做了這件事情！」

來打工的外勞，是波蘭人、俄羅斯、土耳其人的天下，勢力非常龐大，波蘭人就有一百多人，這些老外根本就是到美國參加我愛紅娘或是非常完美外景，全部的人都在調情。東亞病夫只有17人。

我說東亞病夫不是故意在貶低台灣人。

是因為我們體力真的好爛！每天晚上下班後回到宿舍，所有各國歐洲人，都會在那邊用大喇叭大放音樂，party every night ！

我都不知道為何出國還有辦法帶大喇叭！到底為什麼去美國工作這件事情的行李清單裡面，會有大喇叭？

　　我真的有夠佩服老外們！我們明明一天都工作10小時到15小時，下班後，台灣人就是洗澡跟上網一下下，就倒頭睡覺，下班後就入土為安，長眠於此。

　　但是老外他們，都還可以夜夜笙歌，有閒情逸致在那邊談情說愛跟大放音樂還辦party！我有一個同事，是波蘭人，就之前提到的大帥哥波蘭馬修。波蘭馬修發現我下班後都如此窩囊後，就非常努力的約我一起去party。剛開始我都懶得鳥他，我下班實在累歪了根本不想動！我只想入土為安，但有一天我突然清醒，因為我的友人爾康（當年只是友人，還不是總監的身分，因為我也還不是婊姐），跨海羞辱我：「美國女王蜂沒有人如此早睡的，妳再不出去社交，就是老了一人抱著毛線跟勾針在搖椅上面孤單死掉，然後屍體被貓吃掉。」

　　好好好，這是什麼恐怖的威脅！所以從此以後，我下班回到宿舍，就是洗好澡然後開始出房門，以台灣駐美代表社交女王的姿態在穿梭在整個宿舍，社交！夜夜笙歌的社交！白天上班的時候社交，晚上下班也繼續社交，從早到晚都在社交！

　　社交真的非常重要，因為你在異地，就真的是會遇到需要幫忙的時候，需要打通關的時候，或是需要被哪個老外主管偏好所以你會活得更舒服的時候。當時很多打工的老外，就是完全無法適應

美國工作的生活，毀約提早回飛回家哭倒在媽媽懷裡，全家抱頭痛哭。因為——光語言就是一大障礙，而且很多老美根本就對你很冷漠，才不管你死活，也會有可能遇到欺負你的人——不會把你塞到垃圾桶，但會讓你吃鱉吃飽飽。

在美國，120%的老外，根本不知道台灣是什麼國家，他們泰國台灣傻傻分不清楚！多少次我說我從台灣來，老外很開心的回我三挖低咖。吃鱉的buffet。

就像很多台灣人分不清楚摩洛哥、摩納哥哈哈哈哈，我也是2014年才知道，原來這是兩個不同國家哈哈哈哈哈哈！

厭世臉的自我反省

除了跟同事之間的相處，大部分的時間我是要面對客人的。因為客人是不用長期相處，所以基本上——好我承認我就是一個很不合格的服務人員哈哈哈哈哈哈哈。我就是根本不應該存在於服務業的少女，因為我無法隱藏我很厭世的一張臉！當然，要在客人中生存不用送他們中國結，那要靠啥？喔就靠一張很厭世的臉！真的！我的臉真的寫著我恨世界哈哈哈哈哈哈。這招在台灣絕對吃鱉，吃鱉的buffet，千萬不要亂用，我是無意間發現在美國，很容易吃開！

有一次有一群美國瘋狂死小孩在打烊的時候來玩遊戲，他們看

珍惜生命請撥1995生命線專線

到我一張撲克臉，我的背景音樂是Lady Gaga的Poker Face，居然一群人很關心的問我怎麼了？身體不舒服嗎？

　　我冷冷的說：「喔因為我很累只想趕快下班，你們隨便玩一玩要哪隻娃娃我都給。」

　　他們聽到我這麼講之後，立刻一群人對天花板的攝影機說：「嘿，你們該給這位台灣來的女孩加薪！她太棒了，這麼好的員工就必須被加薪啊！」

　　靠，美國小孩怎麼這麼sweet？於是撲克臉厭世大王本人笑了，我笑著向他們解釋，這錄影機是沒有錄音的，你們可以不用再對錄影機叫了啦！

　　他們整個很幽默的把「嘿，你們該給這位台灣來的女孩加薪！她太棒了！」這件事情演了一遍給攝影機看。

　　厭世大王本人當天晚上龍心大悅，娃娃亂送送了一堆給他們。又有一次是我又厭世的站在那上班，在我前面不遠處的一個長椅上面坐了兩位少年，在那裡偷看著我，然後交頭接耳，我就冷冷的瞪著他們，想說你們是在講我壞話嗎？對，我就是厭世！因為我很熱，我也很討厭上班！

　　後來他們兩個就走過來跟我說，要玩這個遊戲。我就按照很一般的流程為他們服務，玩完之後，我就拿了隻胖企鵝給贏得娃娃的那個男子，並且幽幽的恭喜他贏了。沒想到他把企鵝還給我，對我說：「我們在那裡看妳好像心情很不好，所以特地來玩遊戲，把這贏的娃娃送妳，希望妳今天能開心一點。Have a nice day.」

　　講完兩人帥氣走掉。

　　不～這兩位美國歐巴為何如此的貼心！而且這娃娃這麼貴（這遊戲玩一次要台幣450元），是我對不起你們，我不應該用厭惡世界的臉站在那裡瞪著你們。

讓老外如癡如醉的神祕法寶

　　在此跟任何有老外社交障礙的表弟妹宣布，想當上台灣駐美

代表社交女王，並不是英文要多好，這跟英文真的沒啥太大關係，也不是單靠一張厭世的臉，真正要靠的就是兩樣東西：1.中文字，2.中國結。就這樣，立刻可以當上亞洲的芭莉絲‧希爾頓！這兩樣我們實在沒放在眼中的鳥東西，就是讓老外如癡如醉。這幾招爛招本人百玩不膩，百發百中。就是這幾個爛法寶讓我在老外界吃得很開。我買的中國結一個才10元台幣，我出發前在台北車站一口氣買了60個，打算帶到美國當作演唱會丟到台下的禮物這樣發送。

我在美國看誰順眼就送，就真的是演唱會看哪一區歌迷叫得比較大聲就亂灑不值錢的小禮物！

沒想到各國老外的反應都是開心到當場緊緊擁抱我，或是謝我謝到好像我救了他溺水的媽媽，還有一個他居然高興到跳起來。

我的媽啊把我嚇死，那東西在掉在台灣地上也不會有人要撿，拜託你們冷靜一點！我不是送你們哪個精品名牌的限量鑲鑽鑰匙圈好嗎？

後來因為中國結大受歡迎，我就是過度揮霍的歌手，太早送光，存貨沒了也無法補貨，那接下來的日子該怎樣生存？因為總是會有要請人幫忙啊打通關之類的情形，難不成沒戲唱了要被踢出社交圈？喔不用緊張，接下來的日子，我就每天帶著一支筆在身上。

我前面說過，很多歐洲人到了美國，非常不快樂所以提早回家

找媽媽抱頭痛哭。我是沒有這樣的困擾，但我有一個困擾也是滿嚴重的。吼這說來真是丟臉，但我當時最大煩惱是便祕哈哈哈哈，當年我不是狂拉就是便祕，我的肚子不懂得中庸之道，它不是中國人。

　　我剛到美國的時候，狂烙賽，所以我不得已，去見了遊樂園裡面的醫生，吼～要我一個青春少女跟老外報告我烙賽，我真的是巴不得戴上金色假髮假裝自己是老外！我不是台灣來的亞洲烙賽少女！

　　總之，樂園醫生給我一顆止瀉藥，我在吃之前還問他三次這藥會不會很強？千萬不能很強！老美醫生他跟我保證很溫和。

　　結果一吃，便祕一個禮拜哈哈哈哈哈哈，美國人真的是完全不懂中庸之道！老美的話都不能信，打一折！

　　有一天上班的時候，我頂著有如懷孕婦女的肚子煩惱到不行，想說難道我是要為了便祕一週這件事情提早回台灣進醫院灌腸然後拉個三天三夜嗎？天啊我此生別想在台灣抬起頭來！人生歐U！（婊姐辭典：台語，泡湯了。）

　　那天我上班在為了我淘氣肚子煩惱時，剛好有一個樂園醫生經過我面前，我豁出去了，買機票回台灌腸太不划算！

　　我整個大吼 Hey Mr. first aid.（沒辦法我又不知道他名字）

　　我跟他解釋一輪我的的肚子爛事，講完故事後我最後還跟他說

我覺得很丟臉。

　　這位醫生伯父就是洋菩薩，菩薩染金髮戴變色片。他一點都沒有取笑我，而且還開了一種瀉藥的名字給我，仔細的對我說明一切，讓我可以去超市買到。

　　而且過了兩天，他還特地來找我，問我有沒有好一點，有沒有需要他幫忙的地方？

　　靠這能不送中國結嗎？張大千山水畫都該送他一幅！但怎辦，我中國結揮灑過度用完了！

　　我帶著感恩的心，此時，拿出我口袋裡面的原子筆，我的殺手鐧──

讓老外如癡如醉的兩大法寶

嗯哼就是幫對方的英文名字寫成中文。

例如對方叫Marcus，你就寫：Marcus馬克思。

此時你要掏出衛生紙，因為對方要感動到流淚了。就這樣！這招真的超好交朋友，要出國的表弟妹一定要用這招，地位在對方心中立刻爬升到billboard前3名！

因為老外看到中國字都會瘋掉！他們生下來就是注定要被中文字嚇死！如果覺得寫名字不夠，再奉送對方國家的中文給他！但不要一開始就把對方名字跟國家都寫成中文送給他們，我怕老外會太感動，當場跟你下跪。

醫生伯父由於已經是一個成熟的阿伯，所以當他收到我寫給他本名的中文，並沒有很激烈的開心跳到天花板，就是很有禮貌的說謝謝。

但那天之後，他買了娃娃送我，三不五時找我聊天，甚至還把他兒子女兒帶來認識我，整個變麻幾哈哈哈哈哈哈！

帥氣刺青：把書舉起來

寫中文這爛招我屢試不爽，百發百中！中國結沒庫存就靠這個國民外交！所以隨時隨地要準備一支筆在身上，就可以成為社交名媛。

老外真的對中文字非常崇拜，如果你沒話可聊，那就身上隨時

帶著手機，有機會拿出來跟各國老外分享鍵盤上面我們的ㄅㄆㄇ。對，就是ㄅㄆㄇ。

因為老外知道我們沒有alphabet，所以我曾經有一次，就跟一群老外好好開課解釋，我們要用ㄅㄆㄇ去造字的原理。他們都聽得很入迷，把我當成股神巴菲特在演講。

有時候還會遇到老外中國文化狂熱份子。我有一個美國同事，他有一整個櫃子的中國東西。靠，到底多愛中國文化？我應該從台灣帶兩本農民曆送他的！

他手上有一大堆中文刺青，但在我們老台看起來有點蠢因為是「忠父／夢大／永不放棄」之類的中文刺青，台灣人要是刺這些可能三小時後就需要去預約雷射去除，因為所有人都會大笑他。

我那中國狂熱份子的同事，當時又想要刺青，要刺四個地方。沒想到我這位台灣少女成為他的同事，母語中文！還繁體中文！完全以股神巴菲特的姿態降臨在他的人生，所以他央求我想出一些很棒的中文字句，他就要照我所寫的去刺！

我當然很認真的幫他想了一些很好的成語，因為他對我很好，很照顧我，他是一個很棒的美國人。要是惹到我，那我就寫「我有菜花」給他去刺！！然後騙他這意思是一生順利。

有一次我台灣室友小張遇到一個老外，那老外興奮的把上衣拉

起來，要小張解釋他身上的中文刺青。

那刺青是兩個斗大的字「**舉柬**」。小張想說：靠這是啥小？

但也只好稱職的翻譯給他聽：Lift up the book.

把書舉起來。

那老外徹底傻眼，下巴掉到B3，而他的朋友們全部在旁邊笑歪！

因為他們從來都不知道，原來那兩個字的意思如此愚蠢！他們都以為是多麼重大的意義，可能是英雄在世，沒想到只是：把書舉起來，這麼虎頭蛇尾的一句話，哈哈哈哈哈哈哈哈而且還是文言文。

他們老外刺青的時候，可能在刺青店看哪個中文字酷，就挑那個字吧？還是說這位身上刺了「舉柬」二字的仁兄以前不小心惹到了哪個教國文的老師，才會隨隨便便丟了這兩個字給他去刺青？但也太另類了吧，到底為何要把書舉起來？

老外對於中文字真的是如癡如醉，有一次我在宿舍跟一群馬其頓臭男生聊天，我剛好隨手擺了一個打火機在桌上。

當他們看到我打火機上的中文，其實也沒啥了不起，就：

田園卡拉OK

地址：美濃鎮 blablabla

沒想到馬其頓的臭男生們為這幾個中文爛字如癡如醉，每個人把打火機傳來傳去，在那裡摸啊讚歎又愛撫，靠那就是一個

很爛的打火機好嗎？不要把它當成3000萬的珠寶在那裡對待！
後來他們很認真的問我，非常認真的問我：

「丹妮妳說，你們筆劃這麼多，一天到底要用掉多少支鉛筆跟筆記本？」

靠～我答不出來！這是什麼題目？

以上大致上是我的異國生存之道，中國結配一支原子筆，當上社交天后。

馬其頓的臭男生們為了這幾個中文爛字如癡如醉，
每個人把打火機傳來傳去，在那邊摸呀讚嘆又愛撫！
靠那就是一個很爛的打火機好嗎？

不要把它當成3000萬的珠寶在那邊對待！

「美國女王蜂」正式夢碎

我工作的部門，很多歐洲人也來打工，每個國家的同事都會自成一國講他們的語言。俄羅斯幫、波蘭幫、土耳其幫、保加利亞幫等等，神可能是看我當年年紀輕輕如此有上進心，聽到我很想把英文學好的宏願，所以這整個部門，就只有我一個老台。

我沒有台灣人可以一起廝混！

我有多孤單！

我沒人可以講中文！

這就叫做：強暴式英語學習法！

黑人帥小弟讓我傻傻分不清

我又聽不懂別國語言，那我能跟誰混？當然是跟美國人混！我才不要成為孤家寡人的亞洲怪妹！因為這個部門的美國人同事，剛好絕大部分都是可愛的「老黑」，所以我就這樣不小心人生都跟黑人弟弟混在一起。

我只能說，誰說電影都是騙人的？啦啦隊隊長就真的是跟足球隊隊長在一起不是嗎？好萊塢電影沒有騙人啊！老黑他們就是電影裡面那樣！唯一的不同就

143

是，現實生活比較沒有威爾史密斯這樣的黑人歐巴就是了，我遇到的大部分都是馬丁勞倫斯這樣。

　　但由於黑人同事太多了，有二三十個黑人，大部分都是17歲弟弟，這帶給我很大的困擾！讓我傻傻分不清楚！

　　上帝創造黑人跟中東人時一定很偷懶，為何全部都長一樣？難怪美國老是抓不到賓拉登（但我寫書的當下是已經抓到了，但很多人說抓到的根本不是他）！我周遭沒有中東人，所以我只有分辨黑人的困擾。黑人男生對我來說除非長得超醜（但也滿難很醜的，因為都長一樣）、超帥（威爾史密斯）、超好笑（約莫黑人界的菜

Darnell　　　　　　　　　　Julius

對不起！黑人都長一模一樣！！！

頭）、超高（打NBA的），其他一概一樣。**一模一樣**！全部都傻傻分不清楚！

我有兩位黑人弟弟同事長得相當相當俊俏，叫Darnell 跟Julius。對，對不起，因為他們特別帥，所以我能在黑人海裡面分辨出他們，在此為我的膚淺道歉。

Julius的膚色是很淺很淺的咖啡色，Darnell比較黑，兩位帥歸帥，但沒想到我還是傻傻分不清楚！

剛開始我走路經過Darnell的時候，此時我還沒記得他的名字，我內心的系統叫他：帥小弟。

我經過他的時候，我都會想說：啊～帥小弟好帥啊～但怎麼晒黑了？

然後我就會開始思索黑人也會晒黑嗎？好妙喔我以為他們不會曬傷。

我繼續走五秒才恍然大悟：不對！他是Darnell ！他不是那個比較白的Julius ！

不然就是，我走路經過Julius的時候，我想說他怎麼變白了？黑人是有在在乎美白嗎？

我再繼續走幾步路才驚覺，不對！他不是變白！他是本來就長這樣！他不是另一個帥小弟（此時也還沒記得名字，內心的系統依

舊統稱帥小弟）！

黑人到底有多難分辨？這麼帥的兩個小弟我都傻傻分不清楚！

原本以為這只是我內心小小的困擾，沒想到引發一件不太好的蠢事。

一天上班，隔壁又站了一位素未謀面的黑人，想說好吧，照顧一下他，我很慵懶的問他：「今天是你第一天上班嗎？」他很無奈的回答我：「不，這是我第四個月了。」

我很驚訝的說：「那我之前怎都沒看過你？」

他很沒好氣的說：「我們明明之前就講過話，還討論妳的中文名字好奇怪！」

哈哈哈哈哈哈哈哈哈哈哈哈哈哈哈哈哈哈哈哈哈哈哈哈，天啊！我要去跳地球！

那位小弟很認真的覺得我相當沒有禮貌，一臉不爽的看著我。我真的萬分抱歉。我不是沒有禮貌的人，但我也無從解釋，我總不能說因為你們都長一樣，我真的認不得！他應該當場會撂整區的黑幫來砍我。

唉呦我的媽啊，好尷尬。我當下立志，以年度願望的方式立志，我要認真記名字與分辨黑人！

我宣布，NBA真的就是十胞胎在打籃球啊！不要逼死我！

　　有天我室友小張跟另一位台灣女生傍晚的時候走路去超市，在回來的路上，很倒楣的被兩個黑鬼搶劫。（對，因為這是不對的行為，所以要叫他們黑鬼。）

　　一男一女，一個亮刀，一個亮槍。雖然不知道槍是真是假，但畢竟老美買槍跟買包子一樣容易，所以一槍抵著你的時候誰能不腿軟？

　　小張她們兩個弱女子狂嘶吼，大叫救命！但都沒有人路人救她們。

　　可是……這也不能怪路人，不是說路人冷漠，是因為那裡是鄉下，就是沒有半個路人，旁邊只有森林！跟被在亞馬遜森林裡面搶劫是一樣的。

　　那兩個黑人不停的在講話。小張當時英文其實還滿爛的，再加上黑人講英文就是在念Rap，講這麼快真的是需要上一下字幕，誰聽得啊？

　　但小張聽懂了一句，聽得懂這句就夠了。這句是：「妳們再叫就殺了妳們！」

　　小張想說，靠！反正都要死了，不如狂叫！

　　所以她就不停瘋狂叫叫叫叫叫叫叫叫叫叫叫叫叫叫叫叫叫叫！

　　叫到那兩個黑人很緊張，刀子還掉在地上，真是尷尬死了。要

是我是被搶的少女，我還真不知道是不是該撿起來還他，還順便人很好的叫他放輕鬆一點？

感謝上帝，兩個黑鬼只搶到十五塊美金，小張她們雖然受到很大的驚嚇，回房間崩潰大哭 all night，但至少她們人很平安沒有被怎樣，回台去找三太子收驚並且逼他去派天兵天將飛去美國惡整兩個黑鬼就好。

這樣的事情當然是要報警，但美國警察問了一個史上最爛的問

他的黑是哪一種黑？

題：「那兩個的黑人是哪一種黑？」

我誠懇的建議美國警察做一本色票，因為黑人全部都一樣！黑的程度不同我們英文又不好是要怎樣形容？問這問題就是逼死亞洲人！就算剛好被搶的是英文比較好的我本人，但夜色這麼黑，黑人跟夜色根本融為一體，誰知道他到底是哪種黑？美國警察難道就像電影裡面一樣只會吃甜甜圈嗎？

以後表弟妹誰生小孩不要學什麼鋼琴，全部去給我學中國功夫或是跆拳道！

對我是美國人但我是夏綠蒂！不是莎曼莎！

她有一個大喀稱

由於我出色的外交能力，除了跟黑人弟弟們混在一起，我也成功的跟黑妞們混在一起，我們做人要均衡。很多黑妞真的就是電影哈拉美容院裡面那樣，講話喋喋不休活活把人逼死！頭還會左右擺動，每一句話都很像在念Rap，都是蕾哈娜！但最驚人的是她們的審美觀，令我這輩子想要立刻去曬黑學Rap當黑妹。

有一天有一個黑人女同事跟我說："Danny, you got a donk."（念Rap的方式講這句話。）

我當場「蛤」的相當大聲。什麼，我有鴨子嗎？

我反問：「什麼是 donk ？呱呱呱？」

那位黑人女生很開心的說：“Big ass.”

我當場大！聲！尖！叫！完完全全戳到新北市JLO痛處！

我發瘋的大吼：「好，我知道我錯了，不該在美國大吃，我明天開始減肥！」

當場所有的黑人們大聲說：「Oh nononono 我們是在誇獎妳！妳這樣很性感的～」

Danny got a *donk!*
donk!
donk!

來吧，全台灣不瘦的少女！我們就外銷非洲跟美國黑人區！

當我跟黑人們說，亞洲人的審美觀是女生必須像筷子一樣，他們立刻露出相當鄙視的表情，就是台灣男生在路上看到胖妹的那種鄙視表情！

來吧，亞洲不瘦的少女！我們來當黑人林志玲～我們到這裡還會被連署請求拍寫真集！

其中一位小男孩很認真的跟我說：「妳瘦瘦的，但妳有大屁股，這是完美。」

來吧，全亞洲的胖女孩都來吧，都來黑人世界！

後來黑人他們送了我一首歌，歌名有夠直白，就是："She got a donk."

翻成中文就是：《她有一個大喀稱》。

這是什麼爛歌名？這麼無聊的事也能唱成一首歌？到底可以多單刀直入比尺還直？但既然這是黑人們的心意，我只好上網查了一下。一個叫Soulja boy的老黑唱的，還真的是很難聽，但這首歌是當年的HIT，空降billboard第一名之類。

既然黑人把我得跟史嘉雷喬韓森一樣性感，或許我出寫真集給黑人會大賣！賣得遠比這本書還好，我還一個字都不用辛苦的打。

後來有兩位黑妞同事，約我去夜店玩，我人生沒白活了！沒去House Party（House Party就是美國電影裡面，一間房子很多人的Party，美國天天到處都有，只是我最大的疑問永遠都是，爸媽人呢？這種House Party的性質十之八九都是ORGI⋯⋯不會拼，但意思就是性愛派對），但踏進了美國夜店！

美國夜店規定多到不行相當龜毛，女生18歲可以進去，男生要21歲才行，喝酒又要再分年齡。

我不懂這樣規定有屁用？美國人照樣12歲就開始上床！12歲，所謂的小學五年級！

我還在玩躲避球跟看《柯南》的那個年代，他們就開始在上床了，所以個人覺得美國政府不用如此大費周章規定這麼多。我知道美國夜店的文化相當相當不一樣，簡單說就是跳舞很情色。

黑人跳舞的方式就是在性交，女生把屁股翹得超～高，然後男生在後面狂頂，這在臺灣就是公然做愛啊！馬上被報警！所以去夜店以前，我就大聲放話，哪個男人敢從後面頂我，我一定馬上回頭劈死他！

但我兩位美國同事馬上說喔NONONO，這裡是美國，這就是美國人的跳舞方式！妳千萬不能這樣發火！

好吧。所以婊姐當時想到家鄉老友們說的話，人都到美國了，就是要體驗美國文化，所以我把我的浩克靈魂收起來，就這樣跟兩位黑妞同事踏進了夜店。

先不管跳舞這件事情，我感受到最不一樣的是⋯⋯天啊！美國人到底是多會唱歌?!在臺灣大家英文不好，夜店放的英文歌曲只能唱幾句重點，就唱幾個yeah或no～

但美國夜店是，全部的客人都會跟著唱歌詞！不是唱yeah跟

no！身旁的黑人舞客，Rap全都能一字不漏的念完！都是五角跟吹牛老爹，好強！黑人就是出生的時候全體內建Rap系統，我完全內心對老黑下跪！Rap對我們這些老外來講實在很難啊！

除了Rap，很多黑人都是舞棍！各個都是克里斯小子，黑人到底是跟上帝簽了什麼約？而且黑人他們好愛尬舞battle，就是電影舞力全開那樣。

到底為何如此愛競賽？做人一定要這麼辛苦嗎？而且美國人把愛胖又愛露這件事情做得很滿，再胖的女生也都毫不客氣的穿上性感小洋裝。但我要誇獎的部分是，美國胖子個個都是「洪金寶」，白話是「相當靈活的胖子」。

胖子們跳舞個個也都不輸人，相當靈巧。與我同行的兩位胖黑妞同事也是洪金寶。或許是良好舞技吸引了一位黑人伯父來糾纏她們跳貼舞，黑伯父到底為何還要來混夜店？那位黑伯父相當之下流，讓我在一旁看戲看得不亦樂乎。但樂極生悲，殊不知此時我後面貼來了一位男性。

這就是美國夜店文化，男人看到想要跳舞的女性就會貼上去，比較有禮貌的才會問說可不可以來個quick dance。

好吧畢竟我都踏入美國了，所以不能大驚小怪，我必須適應文化差異，我要有兼容並蓄的國際觀。本人是不介意跟男生跳貼舞，

但我深刻的懷疑……這位老兄的下體是不是，嗯，蓄勢待發？是我自作多情了嗎？

正當我在發呆思考的時候，剛好我眼前上演一齣傳說中的黑人性交舞，那位黑人老兄的褲襠比101還高！

我頓時了解我沒有自作多情！整間夜店一半以上的男人都已經做好萬全準備了！奇怪了，為何好萊塢電影沒有交代這件事情?!

所以這樣跳舞的時候我就會不停的感覺到我身後那位黑人大哥的「槍枝」！我雖說自許人生目標美國女王蜂，但我還是喝孔子的奶長大的，我真的無法一直讓男人用老二頂我的屁股！

中國五千年文化是我的DNA！在經歷被頂了五六次之後我再也受不了！我索性躲到牆角，我的屁股只獻給牆壁！

於是，「美國女王蜂」正式夢碎！

Danny BEEEE

PART 3

婊姐星球上
之生活爛事

1 我擁有小丸子的老百姓人生

2 爸媽逼死人

3 我不想死在馬桶上

4 三太子初見面：超自然 X 檔案的世界

5 三太子再相遇：請大家放過三太子好嗎？

6 邱女的洗衣機

7 可不可以給我不煩的女主角

Ch planet

我擁有小丸子的老百姓人生

奇葩家裡最近（是寒冬）熱水器壞掉，開啟了她彷彿在瀑布沖冷水的修行，講好聽是修練，講難聽就是「休克」，冷到休克。從這件事情，啟發了我小市民的小感想。

我就是徹徹底底的小丸子or濱崎，擁有非常小老百姓的人生。我怎麼到現在還不是花輪啊？

熱水器

生為一個老百姓，就是有必要為熱水這件事情在家裡大嘶吼。花輪是不會有這種熱水器的困擾的。JLO跟瑪麗亞凱莉也不會有。

冬天的時候最機歪的事情莫過於洗澡洗到一半然後熱水很陰險的默默從一杯溫暖的熱可可變成一杯冰凍的思樂冰。歪妖妖，冰霸王來到廁所，此時，就要從廁所以小丸子的方式大喊：「爸～熱水沒了！」

然後爸爸就會去換瓦斯桶（我家到現在沒天然氣），然後從外面大喊：「開水～」

有時候有可能並非瓦斯用完的問題，然後就會繼續吼：「水還是不熱～」

反正父親就會開始換電池之類的行為，然後我就在廁所獨自以泡泡大娘的樣貌跟冰霸王相處，這時外面會持續的傳來：「開水！」「關水！」之類的指令，然後泡泡大娘我就要使用手不停的測水溫，不停的期盼思樂冰能變成熱可可。測到最後都會覺得手部負責得知溫度的器官漸漸的壞死，有時候會有幻覺水熱了（配上戀愛的表情），但其實只是一場空，海市蜃樓（配上失戀的表情），這樣讓心臟坐心情電梯一輪之後，才能到達美好的極熱世界。

友人紫薇則是每次洗澡，爸爸就特愛到廚房開熱水，屢試不爽，百開不厭。

但因為紫薇也是一個徹底的老百姓，so只要爸爸開水，洗澡中的紫薇，水就是熱可可變冰霸王，最逼機（婊姐辭典：很衰的意思）的是蓮蓬頭的水還會瞬間陽痿。

然後紫薇就會從廁所憤怒的嘶吼：「不要開廚房的水！！！」

我也不得不說陽痿的水壓真的也是我這種小老百姓的痛苦，我要的是消防隊的那種強力水柱！

由於奇葩家裡的熱水器壞掉，水電工人宣布：「這需要換一台新的！」

但奇葩老母的座右銘跟人生準則叫做「勤儉持家」，所以她也

宣布，夏天之神即將降臨台灣。我們做人不需要熱水器，只要洗冷水澡就好，熱水器我們冬天再買！（完全很有小丸子媽媽的靈魂。）

殊不知春神就是徹底上班遲到，還不來台灣，四月份依舊是冬季戀歌，所以奇葩這陣子也是洗澡洗到一半都會從廁所嘶吼：「又沒熱水了！」

老母自知理虧，一反平常的不耐煩，所以反而會非常熱心的說：「喔好！我來ㄏㄧㄤˇ（燒水）！」

他們全家進入了民國三十年的懷舊生活，別有一番滋味。在此祝福奇葩早日能擁有一台新的熱水器，結束她的僧侶冷水澡生活，我都要給她取法號了。

水壓以及熱水器的問題真的會生生世世糾纏我這種小老百姓，他們好頑皮！

如果是花輪，這件事情感覺就是不會發生在他家。他的熱水器一定是那種獨立電壓系統之類的高檔貨，北韓炸來都還能用。總而言之，萬一他熱水真的沒了，他的廁所應該會有一個很高檔的通話鈕，按下去，優雅的說：「秀大叔，水變冷了，麻煩你幫我解決。」

秀大叔：「是的少爺，您30秒後即可有熱水（因為有預備用的熱水系統），在此之前我已經開啟了廁所的蒸氣浴系統（話還沒講完熱氣就已經進來）。」

爸~熱水沒了!!!

VS

「秀大叔，水變冷了，
麻煩你幫我解決。」

「是的少爺，您30秒後即可有熱水
（因為有預備用的熱水系統）
我已經先開啟了浴室的蒸氣浴系統
（話還沒講完熱氣就已經進來）」

Déjàvu（法語，似曾相識的感覺。）

前陣子我幫我的母親大人整理她亂葬崗的電腦桌時，丟了一大坨東西，就是真的徹底活到下下下輩子都用不到的爛東西！到底留著要幹嘛?!幹嘛?!

真的是讓我邊整理邊懶趴火（婊姐辭典：台語，火大），我趁母親不在的時候，非常憤恨的全部拿去丟，很用力的丟到垃圾桶。其實我是巴不得爬到富士山的火山口全部丟到火山裡面全部燒光光。

其中有個最爛的東西，是羅福助的選舉鑰匙圈，還是超醜的鑰匙圈（我對羅福助沒意見，我連他長怎樣都不知道），我本來就不能奢望一個羅福助鑰匙圈能夠多時尚。但既然他身為一個鑰匙圈，不管美醜，就是要去串鑰匙，擺在電腦桌幹嘛?!連封套都還沒拆！丟！

整理後隔天，我在我家客廳走路的時候，經過了餐桌，有種似曾相識的感覺，Déjàvu～所以我還自行倒車，真的是自行倒車，往後退，看了一下餐桌，到底是什麼東西Déjàvu？

是——

羅福助的選舉鑰匙圈……

羅福助的選舉鑰匙圈……

羅·福·助·的·選·舉·鑰·匙·圈！

完全就是摩登大帝把面具用力的往窗外丟之後然後又在自己家裡的沙發看到的那種感覺，就是跨丟櫃（婊姐辭典：台語，見到鬼），到底是誰給我撿起來的?!

是誰！！！

一定是我媽！他都落選了妳到底為何要留?!啊妳是有選他嗎?!我怎麼記得妳選一個不是姓羅的！

我一把抓起那個超醜的羅福助鑰匙圈，走去垃圾桶旁，還用我的手去翻垃圾，把羅福助的鑰匙圈埋到垃圾桶的最下面，我！要！丟！

到！地！心！讓它再也沒有機會被撿回來，誰能給我一個地心？

我周遭就一堆媽媽，都有一種老境桃，叫做「東西死不丟掉」的老境桃。「堆積癖」真的很容易發生在小老百姓的媽媽身上。

如果是花輪，花輪家根本不會有這種羅福助的選舉鑰匙圈，只會有LVMH集團的。我相信花輪媽媽也絕對不會去垃圾桶把東西撿回來，除非是她的二十五克拉鑽戒不小心掉進去裡面。

水彩

邱女買給我的就是標準老百姓的12色雄獅水彩，但它美妙的時刻就只有剛買來的時候，每一隻都肥胖滋潤，珠圓玉潤，多漂亮～

後來就會呈現那種整盒髒兮兮的樣子，然後每一條都不規則型，扁扁的。

但同樣的，花輪跟城崎，怎可能拿12色，一定是48色。我的12色尺寸盒子是小巧克力磚，他們是一盒麻將，而且不知為何永遠都很飽滿？就是顏料都胖胖的，好像每一次學校要帶水彩的時候，爸媽都會再買一次48色，上一盒用過一次就丟掉……不過，這可能是我的幻想。我只是覺得我的水彩非常髒，沒有在打開盒子的那一瞬間有萬丈光芒，只有一種墨綠色的曲線。

　　如果是花輪，他會帶120色的全新水彩，還是奧地利的，盒子尺寸是麻將桌。連刷具都是珍貴的山羊毛。

水彩12色

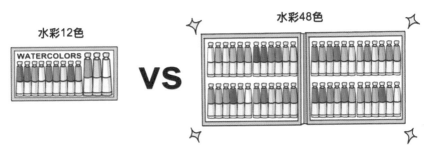

水彩48色

VS

我對水彩沒有特別強烈的欲望，因為有了48色我也當不了Bob Ross。

玩具

我小時候很喜歡一種少女的玩具，叫做口袋芭比。好我承認我比較適合萬能麥斯（男版口袋芭比），

啊，我就是內心住了一個少女貝貝拉。

天啊，現在看到這個，還是會令我想買一個，當時的廣告真的是太有才華了，到底是怎樣洗腦幼兒？感覺都從電視發出神祕的光波徹底掌控全台的兒童，我都已經年近30了，這光波還在我腦子裡，比車諾比的輻射還強，我到現在還是會想要！廣告裡面那個講話的人都比金正日還厲害，徹底洗腦孩童群眾！

口袋芭比的英文叫做Polly Pocket，台灣廠商硬是翻成口袋芭比。那在我的思維邏輯裡面，有一個老祖宗的四字格言叫作人如其名，所以口袋芭比，顧名思義，就是能放進口袋的芭比。

我母親大人，感謝她，當年買給了我一個Polly Pocket，尺寸比手掌還小，真的能放進口袋。

這種席捲幼兒心靈的玩具，就是會帶到學校去班上，我也不知道到底是真的要玩還是要炫耀，年代太久遠了，我跟小時候的我不熟，總而言之就是帶去。那班上，就彷彿上帝的準則，每個班級，永遠都會有花輪或城崎（也永遠會有一個皮膚很白叫小白的人）。

剛開始是小尺寸的口袋芭比，

漸漸的，有人帶來「鉛筆盒芭比」，

然後越來越大了，化妝箱芭比也有人帶了，

最後，那些女花輪或是城崎帶來的是「行李芭比」。超大，就是一個咖ㄇㄤˋ！（婊姐辭典：包包的台語。）

這口袋是放得下嗎？

請美國玩具公司給我改名叫Polly Suitcase好嘛！這哪裡Pocket了？

當年的小女孩，如果扛了一咖扛ㄇㄤˋ芭比，在我心中，等同於觀世音菩薩。全身上下都有鑽石的光芒！走路都自然變成slow motion！優雅又慢動作的甩動那一頭秀髮，髮質再差看起來都亮晶晶。

如果有這個行李芭比，Who is your mama here？I am your mama here！

我印象中怎麼其他女生都是拿咖ㄇㄤˋ，只有我拿口袋，歪妖妖～永遠當不了mama！

我就是徹底被口袋芭比這幾個字開了個幽默的玩笑，我完全不能跟同學說：「ㄟ～我也有口袋芭比ㄟ！」

因為如果我拿出一個貨真價實的口袋芭比，就是會被城崎徹底打趴啊！口袋VS咖ㄇㄤˋ，當然是我趴。

那當然，當年貪心的我，也是回家懇求母親買一個咖ㄇㄤˋ芭比給我，我也想當觀世音菩薩。水彩能不用48色，但芭比不能不是一咖大行李！

那她買了沒？

NO速。邱女是不可能買這種東西給我的。她說：「口袋芭比就應該要能放在口袋！」

所以我只能當香客，不是菩薩。我唯一一個人如其名的口袋芭比，到現在還留著，但裡面只有那個女生坐在一台車裡面，另外配了一個鬍子大哥。

如果是咖ㄇㄤˋ芭比，非常熱鬧，女主角不叫Polly（波麗）這種鄰家路人女孩的名子好嗎？根本是Britney（布蘭妮）！巨星！

口袋芭比完全反映主人的真實人生，如果妳家很有錢，家裡就會很大，布蘭妮接個電話要走3分鐘。

如果妳是花輪，玩布蘭妮的時候可以有很多橋段可以編造，例如：

布蘭妮爬樓梯去樓上的房間喔～

布蘭妮要出城堡囉～

布蘭妮要洗澡澡～

布蘭妮要跟瑪莉一起去游泳～

布蘭妮跟王子跳恰恰或馬咖連那～

布蘭妮跟朋友們一起野餐～然後吃很多烙賽～

布蘭妮坐馬車！不小心翻車。

布蘭妮在念書，但忍不住跟男友去約會。

諸如此類的，可以有上萬個橋段！任妳編造！如果妳有很多個，那就玩到當阿罵都有編不完的故事。

手可以拿著布蘭妮跟她的朋友們，在那行李裡面走來走去，發展一個連續劇的故事。

我的呢，因為我是香客波麗，所以就只能從頭到尾：

波麗坐在車子裡～～

波麗下車吃飯～～

波麗坐在車子裡～～

波麗下車吃飯～～

波麗還是坐在車子裡～～

波麗又下車吃飯～～

有夠無聊的故事，the end。

而且，我的翹鬍子廚師不見了，波麗無人可以對話，完全無法進行任何故事性的發展，有夠龍利（lonely），無聊透頂。真的是「生雞蛋的沒，放雞屎的有」，就是我！娃娃就夠少了還搞丟一隻，窮酸到頂點。

口袋芭比

咖ㄇㄤˋ芭比

VS

腹地太小還森芭比只能下車吃飯、上車
下車吃飯、上車，再下車吃飯N遍輪迴。

BEVERLY HILLS

巨星丹妮

注：被婊姐逼死！咖幫芭比細節太多上色上到ㄅ一ㄇㄥˋ賣
大家自己用粉紅色筆補滿 by恩歐

171

　　雖說，我的波麗是可以從車子拿出來，也滿先進的，但～完全不能用手拿著波麗走來走去。不是因為我的波麗沒有雙腿，她也是有腿。

　　是因為……

　　我的口袋芭比腹地太小了，走一步就會走到盒子外面，哈哈哈哈哈哈哈哈哈。

　　好啦，但我現在長大了，心術比較不正，如果翹鬍子廚師還在的話，我的波麗可以跟翹鬍子廚師喇機（婊姐辭典：舌吻），又多一段橋段。

　　如果是花輪，想當然爾是行李芭比，還是那種要出國用的最大29吋。只是以他的年紀跟體型來講，真的要在下面加裝輪子，叫秀大叔幫他推，他才能拖去學校跟同學玩。

　　雖然我的童年到現在都是市井小民的小生活，但也沒什麼要抱怨的意思，我的父母已經給我很健全的物質生活（除了口袋芭比），只是我內心還是巴望著有朝一日我能跟JLO還是金卡戴珊一樣拉風。

爸媽逼死人

爸媽就是熱愛逼死小孩，由於我們是亞洲儒家文化下薰陶的小子民，再加上剛好我們的父母都是戰後嬰兒潮。這個潮十分可怕，在這段時間內投胎到台灣的靈魂，都會變得極度特殊，然後就這樣，逼死小孩，也就是我們這一代。

堆積癖

就我家來說，就是一個實木星球。沒辦法，爸媽那一代的人就是熱愛實木，只要訪問那一輩的人最喜歡什麼，他們全部都會回答：all kind of 實木。

我個人覺得實木家具相當之醜，但偏偏，實木就是千年老妖，**它・們・永・遠・不・會・壞！**完全找不到理由趕出家門。連我家住在山上，潮濕的程度完全就是黴菌學家的樂園，哪個黴菌學家來就是樂歪這樣。但！千年老妖們還是不爛，買了30年還是不爛，因為老妖們還有1000-30=970年可以活。

我家的實木家具，它們從我還是個胚胎的時候就在這個家裡，直到我長成一個年近30的老妹，他們都・還・不・壞！我明明就沒有很愛惜，完全不愛

惜！我真的懷疑他們2000多年後還會活得非常好，到時候有機會被放到4015年的故宮博物院，都還不用慎重的放在有調溫跟調濕度的保存室裡面，隨便放在故宮旁邊的停車場展覽就好。到時候還開放撫摸古物，觀光客要狂拍我的櫃子都OK，要拍照的話閃光燈開到最大，要狂拍打也沒問題，反正不會壞。

　　因為它們就是千年實木老妖，forever不壞掉！讓我永遠找不到理由買新的，糾纏到我丹妮本人被公祭的那天。

想丟掉家裡的實木老妖？

　　我深深覺得，以前的家具店老闆一定都是全部倒閉經營不善，客人只能來買一次東西就可以用到下下下下輩子，不壞掉直到永遠，這樣到底是要怎麼做生意？

　　由於我應該是一個紅顏薄命的人，所以我可能這輩子都要跟這些實木老妖糾纏，當然，除非我哪天飛黃騰達飛上樹枝的尾端當一隻超大的鳳凰，我大可以很瀟灑的把他們全部從火山口丟下去燒掉。但在我還沒當大鳳凰之前，我只好想辦法跟跟它們和平共處。雖說我無法改變我整個家，但至少我要從我房間開始。

　　我房間也是一堆的很醜實木老妖們，它們2000年後會在故宮的停車場開放展覽。

　　我房間的實木老妖們醜歸醜，但又各個身價很高，所以當我要丟的時候，父母就以我要把3000萬大鑽石沖到馬桶的驚恐姿態來阻止我。Over my dead body ！這就是戰後嬰兒潮的首要特色，只要講到丟東西，就需要over他們的dead body ！

　　但有一次我真的發狠了，我下定決心改造我的房間，所以我就over我父母的dead body。對，我很不孝，他們抱著我大腿大哭叫我不要丟家具，我還是心狠手辣的丟光光！

　　我最先發狠的是我20幾年的床墊跟下面的不知道到底是幾百年

的實木。那不叫做床框，那叫做棺材，長得就跟棺材一樣，然後再把床墊放上去。

要不是我這次發狠買公主床框順便買新床墊，我真的會跟這張棺材還有床墊睡一生一世！到地獄都還要再睡它。

當我要把棺材跟床墊丟掉的時候，我偷偷打開了床墊看了一下，我想說都20年了，裡面一定爛得很淒慘。結果我一看，崩潰。

我真的崩潰地問父親光重：「你這床到底買多少錢？是一張一千萬嗎？到底為什麼裡面的彈簧跟昨天剛出廠一樣亮晶晶？死都壞不了，完全可以變成傳家之寶傳1000代！」

表弟妹，你們說以前的家具行老闆是不是都最後流落街頭窮死？

因為所有以前的家具都永！遠！不！會！壞！生意只能做一次。以前那年代的家具最後全都可以放到故宮去展覽，因為兩千年後它們也還是完好如初。

如果有表弟妹想要家裡變漂亮，就是要發狠買新家具，因為不可能會「等到壞掉的那一天再買」，我們八生八世都等不到的。千年實木老妖就是顧名思義可以活一千年。

而且每次要丟掉很醜的實木老妖舊家具，一定要月黑風高的夜晚請人來連夜搬走，最好還是下大雨這樣很吵，爸媽聽不到。因為

丟家具，全台爸媽就是會崩潰，就是會躺在地上阻擋，他們都會大吼：「你要丟嗎？好！over my dead body ！」

你們爸媽會這樣嗎？做子女的要丟一個家具，爸媽就要鬧自殺，屢試不爽。而且全台灣上一個世代的爸媽，都有一個夢幻的大泡泡，叫做：以後會用到。

我的朋友歐老背，有一次把一個徹徹底底壞掉的CD player 拿去樓下垃圾場丟掉。壞掉的程度是CD片卡死在裡面，但也不知道卡的是哪張因為根本拔不出來，FM AM怎麼轉都是有一隻鬼住在收音機裡面大叫的這種壞。有一天歐老背走在家裡，走著走著，幹，這是啥小？為何破爛收音機又自己回家？他跑去問歐媽媽：「為何壞掉的收音機妳還要去撿回來？」歐媽媽：「我以後會用到啦，我要聽電台，我會拿去修。」

這個「我以後會用到啦」，可以跟台灣同志婚姻法案通過，兩者比賽，看誰先發生。

所以丟家裡的東西一定要丟到外太空，因為如果丟在地球的任何一處，爸媽就是會想盡辦法去撿回來！台北拿去高雄丟，他們都會坐高鐵去撿回來。而友人紫薇她爸除了是此生不丟任何東西，堆積僻，還才華洋溢更上一層樓。

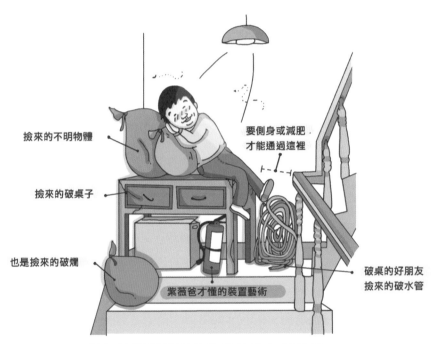

撿來的不明物體

要側身或減肥
才能通過這裡

撿來的破桌子

也是撿來的破爛

紫薇爸才懂的裝置藝術

破桌的好朋友
撿來的破水管

整個樓梯間就是紫薇爸的迪士尼樂園

他，非常熱愛撿破爛，他就是一個拾荒者，台灣湯姆漢克斯。

他最近力作，是把一張破桌子，小巨蛋的大小，徒手搬了六層樓，是沒電梯的老式公寓，徒手！就這樣，放在家門口，也就是老式公寓的樓梯間，因為紫薇爸爸覺得，以後會用到。

以後會用到。以‧後‧會‧用‧到。

樓梯間就是很小了，還要塞一張小巨蛋大的破桌，小廟容不了大菩薩，家門口完全變成歧視胖子的樓梯間，進出家門都要側身才能通過那張大菩薩，每個人經過就是Ki ㄅㄧㄚˇㄍㄨㄥˊ一次（婊姊辭典：台語，抓狂），因為都還要吸肚子縮屁股，要是不小心發胖了那就今晚別想進家門。

而且爸爸還怕大菩薩寂寞，搬來別的好朋友放在菩薩旁邊，是一大捲超髒的橘色破水管。有要洗什麼嗎？毆夫寇斯 NOT。當然，全家人也是崩潰，想要把這張桌子往樓梯推下去讓它一路滾到一樓炸毀，當然這完全是不可能的，因為紫薇爸爸也是上演了一齣：要丟桌子？ Over my dead body ！

後來我在照片中看到，有一個滅火器。我就問紫薇：「ㄟ妳家好專業喔，那滅火器有在用嗎？」

紫薇：「當然沒有啊，那是裝置藝術，裡面是空氣，也是我爸撿回來的。」

　　紫薇說，滅火器她不知道是不是撿來的，不可考，因為滅火器從小就在了，30 years old。或許，滅火器是買房子送的。

　　而且紫薇爸爸到底怎麼徒手把小巨蛋搬到六樓？馬的沒人知道，本世紀之謎。如果他今天撿到一棟公寓，他照樣也能徒手搬到六樓。像我們去到迪士尼樂園會很興奮，他爸爸畢竟是拾荒者，就是去到資源回收場會很興奮，在裡面兩天不出來。資源回收場就是他的迪士尼樂園。依他的拾荒才能，要是去到荒島，一定會自己蓋出一棟房子來，像我這種人去到荒島，就是注定跟螃蟹睡在沙灘一起淋雨，因為我完全沒有任何拾荒的天分。

　　話題回到這一次我要丟醜鐵櫃，這一次我總算逮到機會，要把我房間那個醜鐵衣櫃徹底丟到太空燒掉。

　　果不其然，我父親大人光重，又要鬧自殺了。之前那一次是母親邱女鬧自殺，當時一開始我都軟性拒絕她，後來她不停的跟我宣導：這些東西木頭真的很好啦、妳現在也買不到了啦、那當初買都很貴妳知道嗎？妳真的要丟嗎？我勸妳不要啦～這樣很浪費ㄟ！

　　Over and over and over and over and over again！半夜也要拿蠟燭站在我床邊問我：妮妮妳真的要把櫃子丟掉嗎？那木頭很好ㄟ，以後會用到啦～

　　我最後是以鎮暴警察拿水柱驅離我媽的方式，才成功將之前那一系列千年實木老妖踢出我的家門。所以這一次換我爸鬧自殺，我完全老鳥，一開始就用鎮暴警察的方式要來對付我的父親大人光重，我高聲宣布：我！要！丟！掉！醜！鐵！櫃！

　　沒想到光重給我下狠招：「這櫃子我房間會用到。」（夢幻大泡泡。）

　　聽到這句話，鎮暴警察當然立刻放下催淚瓦斯啊，我還能說什麼？既然他都說他要用了，我怎能硬生生拆散光重跟醜鐵櫃的愛情？然後光重就說：「暫時借我放在客廳，等我房間挪好位子就可以放了。」

　　就這樣，那櫃子就暫時擋在我家客廳，已經3星期！光重有整理房間挪位子嗎？NO！0.01公分都沒挪，整天躺著看電視。爸媽的夢幻大泡泡「以後會用到」，我真的要拿扁鑽戳破！

　　戳戳戳戳戳戳，根本沒有那一天好嗎！

　　在這三星期當中，每當我KI MO賣火大，揚言要把鐵櫃一人搬去丟掉的時候，光重就會再度陰魂不散的降臨：「這我真的要用啦，妳不要動。」

　　就這樣，他一路誆我誆了三週，那個鐵衣櫃擋在那裡，完全跟背景融為一體，就是，刺目，ㄎㄚㄇㄚˋ（台語）！

　　而且他為了怕我發怒還隨便放了一個爛枕頭進去，想要催眠我它即將有功能。

　　所以我說，要丟家具，真的要月黑風高下大雨的夜晚連夜丟掉，就是那種會有命案發生的天氣。我立志今晚半夜兩點要來把這個鐵櫃搬去太平洋丟掉！光重他不會用它的，他只是不想丟！！請祝我革命成功，謝謝。

亂煮

　　講到媽媽邱女，她不只是在家具上把我逼死。她也要用食物逼死我。有一次晚餐有一大盆那種看起來就是奧立佛會做的沙拉，天啊邱女總算脫離阿基師邁向歐美，新創意新創意！

　　我跟父親大人光重滿心歡喜的吃下一大口，光重跟我立刻露出很為難的表情，我就問邱女：「為什麼會……這麼酸啊？」

　　邱女：「啊家裡沒有醬汁啊，我就加點檸檬汁拌一拌，那個奧立佛不也是這樣做嗎？」

　　天啊我現在跟光重參加奧斯卡紅毯前一週所進行的超級減肥餐嗎？生菜拌檸檬汁！什麼都沒加，就 only 檸檬汁！ OK，我想莎莉賽隆也是這樣吃。

　　奧立佛有這樣做沙拉嗎？邱女到底是不是看到盜版的 TLC 台？

她到底為何覺得生菜加檸檬汁就可以變成奧利佛的地中海風情養生沙拉？我要打給奧立佛問他這樣可不可以。

又有一次邱女煮了咖哩，對於我這種媽寶來說，從以前下課回家到現在下班回家，心情都是一樣的，媽媽煮的菜完全決定我的夜晚美好程度，晚上回家看到咖哩就是當晚內心對媽媽評價會很高。上週邱女煮了睽違已久的咖哩，看到我就是內心立刻放迪士尼煙火！我當然要挖超大塊的雞肉來吃阿姆阿姆阿姆，咖哩裡面的大雞肉就是閃閃動人。

當我跟光重兩人大口咬下咖哩中的夢幻雞肉時，我倆又迷惑了，我問邱女：「這……這是什麼東西？」

邱女：「唉呦，家裡沒肉了，那是猴頭菇啦，吃起來很像雞肉

「我今天要按鈴控告猴！頭！菇！
完全是詐！騙！集！團！
它到底為何長得如此像大雞肉?!」

啊，很好吃的。」

猴頭菇。

猴頭菇。

猴頭菇？？？

猴頭菇完全是詐騙集團，我要去地方法院告猴頭菇，它到底為何長得如此像大雞肉？

邱女～妳到底為何不去買肉！誰准許妳用猴頭菇欺騙女兒的情感？

但邱女也不是永遠煮飯都很難吃，有一次她煮了一碗乾麵給我。媽啊流淚，我要給她米其林滿天星星，後來我隔幾天要求她，再煮一碗同樣的乾麵給我吃。邱女說：「我已經忘記我怎麼煮了。」

我已經忘記我怎麼煮了。就是瑪莉莎麥卡錫（電影《麻辣嬌鋒》女主角），活活把我逼死。

我當然還是很感謝媽媽為我煮晚餐，但我感受到她應該是當家庭主婦當到很膩了，所以用敷衍的態度在面對煮飯。但吃人嘴軟，是沒有人權的，所以我也沒啥好抱怨。

拆包裹

尤其是媽媽，戰後嬰兒潮的媽媽，完全沒有在管收件者上面的名字到底填的是誰。收件人那一格對她們來說，是毫無存在必要的。郵差真的不用喊說某某某的包裹，因為只要包裹到她們手上，她們就是——拆！

舉凡小孩的帳單、小孩網拍買的東西，還是小孩朋友寄來的信，通常媽媽一律以美國海關的態度，理直氣壯的打開檢查。她們最理想的工作就是：美國海關！可以讓她們拆任何東西拆到爽歪。

這個世代的爸媽真的不能在白宮工作，不然他們連美國總統的包裹也是照拆不誤！我媽有一次拆了我的信之後，還理直氣壯的質問我，用立法委員質問市政的的方式質問我，那封信的內容那部分是什麼意思？

很像小偷闖空門之後偷東西，還問主人說：「ㄟ這台除濕機怎麼用？」

至於包裹的部分，就是被拆之後，全台媽媽都會用同一句台詞收尾：「不要再買了！」

到底為何台詞都是這一句？為什麼從來沒有一個父母會叫小孩多買一點！

　　是不是政府有發新生兒的媽媽手冊裡面，有一條是寫：「如果遇到孩子未來購買網拍時，請一律回答：不要再買了！」

　　誰編寫這一條的？希望未來能有一個充滿智慧的政府官員，改寫媽媽手冊！

媽媽們的夢幻工作，可以理直氣壯大拆特拆！！！

我不想死在馬桶上

腹瀉，講白話一點，就是拉肚子。但我送走了孔子星球的氣質人們，所以以我的話來講，就是烙賽。我偶像又不是余秋雨。

為何烙賽總是如此的調皮

烙賽真的是一件很愛挑錯時間來訪的事情。有一次我在跟客戶開會的時候，肚子開廟會了，肚裡所有的和尚正在放著嘻哈樂瘋狂大敲木魚。我耳邊響起貝多芬的第五號交響曲，登登登登！登登登登～頭上配上雷神索爾的大雷電。（只要肚子一痛，我真的內心就是出現這幅畫面。）

此時我能做的就是，把我所有的集中力都聚集到我的括約肌，用我全身的意念在控制那塊小肌肉。很怕我的屎們不要一不小心，全部噴射出來！客戶在說啥基本上我也聽不見，我還是只聽到貝多芬而已。後來客戶忍不住問我為何都不發言，我只好攤牌說：「對不起，我很想拉肚子，可以嗎？」

但更丟臉的是剛跟另一半交往的時候，約會到一

半想烙賽。那種時候不熟到連屁都不好意思放，還要偷偷跑去遠方這樣偷放；吃東西還要稍微顧一下儀態，但很想大口吃肉大口喝酒。

有一次約會時，超想烙賽，忍啊忍我實在痛到無法維持理智繼續跟他聊天，所以只好說：「不好意思，我要拉肚子，麻煩你在外面逛一下等我。」（交往久了之後，要拉都馬大聲宣布，根本不需要考慮。）

還有一次在公車上我真的已經當地球停止轉動好幾次，實在受不了，我撐不到回家！只好中途下車屁股夾超緊的衝去奇葩家按門鈴：「快開門！我要拉肚子！」

這種類似的經驗，相信很多人都有，到底為何烙賽總是如此的調皮，不能挑對時間來訪呢？最恨的是，有時候已經衝到了廁所，但前面的排隊人潮就是萬里長城，好像在排演唱會，到底哪來這麼多老百姓要上廁所？

有一次我真的括約肌要失控，痛到髒話都忘記怎麼罵，所以就以驕傲的貓姿態的衝進去男廁，老娘我就是要烙賽！上帝也別攔我！門一關，大拉我的肚子。雖說走進去的時候很帥氣，完全沒管所有路人驚訝的眼光，但拉完的時候要開門出去的那個moment就是最煎熬的，因為肚子已經不痛了，所以剛才那種狠度跟勇氣瞬間歸零。一個人在那小空間裡面磨蹭幾分鐘，好不容易給自己心理建設

完畢,大門一開,外面在尿尿的那幾位男子非常驚恐,哪來一個怪女人突然冒出來?

怪女人以奧運選手的速度往外衝離開現場,連手都沒洗,哈哈哈哈哈。(後來有去別的地方洗啦。)

雖然很多時機不對的烙賽讓我當下都非常想要跳大峽谷,但最近聽到朋友甘蔗的烙賽故事,我正式宣布她才是最有資格跳大峽谷的人。

甘蔗小姐因為工作關係,帶著一票很有氣質又有頭有臉的學者,去到大陸考察。有一次,他們在長途的旅程之後好不容易到了一個公廁,導遊說:「這裡廁所非常的破,但也沒地方能上了,大家將就一下吧。」

當時甘蔗肚子已經廟會high到爆炸,她才不管廁所到底有多破,一下車就以小競走夾緊屁股的方式走到廁所,沒想到這次來到的是一種有門跟沒門一樣的「超矮門廁所」。(我是沒去過大陸,但大陸廁所恐怖的程度,閻羅王恐怕都要尖叫喊媽媽。)

這種門,基本上也沒有任何存在的必要,反正後面排隊的人隨便一個150的矮子,也是能看到你在裡面幹嘛。

甘蔗小姐忍耐力相當高,為了面子,硬是忍耐,排在隊伍的最

後面，想說至少不要被認識的同團看見。但也不得不看前面的同團
學者老師們一個個進去矮門，蹲著撒尿露出半顆頭的光景。

　　重頭戲是甘蔗的拉肚子，甘蔗進入的自己的宇宙，不，應該說
是涅槃的模式。走進去，蹲下，一手很克難的往後拉住門閂，拉住
那片根本沒有存在必要的木門，然後開始烙賽劈里啪啦。後面排隊
的人們依舊在那。然後還要擦屁股。

　　天啊～在眾人面前烙賽，甘蔗，從此以後，再恐怖的鬼還是蟑
螂界的巨石強森，妳‧都‧可‧以‧不‧用‧怕‧啦！

　　要是遇到路上白目擦撞到妳的車，還一馬當先下車吼妳的沒品
司機，妳可以很優雅的從後車廂拿出電擊棒，說：「老娘都在眾人
面前烙過賽了……（微笑邊甩電擊棒）你覺得我還會怕什麼嗎？」
（個人內心戲碼，請不要當真，我有很多報仇白癡路人的劇本。）

　　（後來甘蔗某次跟男友上山釣魚想烙賽，完全荒郊野外沒廁所，
只好在大自然中解放，也算是人生很圓滿。）

　　另一個是奇葩姐的女性朋友，某天在高速公路開車開到一半的
時候，第五號交響樂響起，

　　雷神索爾降臨！

　　媽的，休息站還離她的所在地點很遠，這種十萬火急的時候當

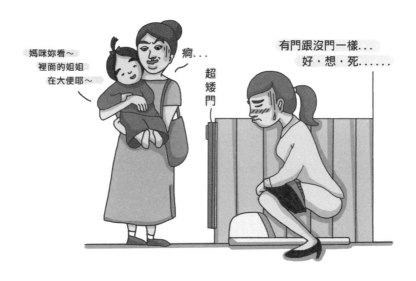

然是馬上化身閃電霹靂車或阿斯拉,一路狂飆車,想盡辦法飆到休息站!

　　然後情節非常的像美國電影,當這台車光速的經過一台停在路邊的警車,警車就打開警笛,開始喔伊喔伊的追車。

　　主角怎麼可能停車?她的屎真的已經全部都要出來say hello 了!完全無視於警車在後面狂追她,依舊含都露(油門)催落去,狂飆到休息站。她滿腦子都是我要馬桶我要馬桶我要馬桶我要馬桶100次方。

就這樣，警車極速的在高速公路一路追到休息站，警察高度緊張的下車想要逮捕主角，而且是**荷槍實彈！**一下車就說：「請妳拿出證件！」（想說應該是遇到什麼重大通緝犯。）

沒想到主角一開車門就大尖叫：「等、一、下！要開單幹嘛隨便你們！！！」

（所有人都往她這裡看）

然後完全沒管警察的兩把槍，車門也沒關，就用見到鬼的速度直奔廁所。（補充：後來訪問到本人，她是把鑰匙包包全部丟給警察，而且車子是直接開到廁所門口。）

那兩個警察應該也是被這婆娘的氣勢嚇傻，看得出來她淒厲的叫等一下，是認真的要他們等一下，所以兩個警察就還真的人很好在車旁邊等他，沒有追她。

後來主角大烙賽完後放空的走回車子旁邊，對警察說：「要怎樣隨便你們，我拉完肚子了。」

警察最後還是有開單，但應該有手下留情的開比較輕，畢竟主角那種淒厲的吼叫也裝不出來。

便祕新生使用守則（婊姐警告：請小心使用）

烙賽雖然很痛苦，但是烙賽的乾爸，便祕，痛苦指數卻更高！

這對父子絕對是人類痛苦泉源

之二，我討厭時間不對的烙賽，但我更恨便祕。

本人人生便祕最高天數是七天。七天！七天是多麼漫長？基隆用爬的也爬到鵝鑾鼻了。屎們全部擠在肚子裡，肚子變很大，不是宰相肚裡能撐船，只是少女肚裡能裝屎，我恨當便祕少女。

此時要是去面試，面試官問我的人生目標是什麼，我一定會大吼：「我要烙賽！」

以前大學的時候，去泰國畢業旅行，漫長的六天旅程，在第三天時我發現到便祕之神找上了我，我非常苦惱跟全班同學宣布這個噩耗。沒想到班上的臭同學完全沒有同情我，全部都笑得非常happy。

其中一個臭男生很自豪的跟我放話，他走到哪拉到哪，所以之後的旅程，每逢他要大便，他用一種「I am sorry 但我很 proud of myself」的雞歪臉對我宣布他又要去拉了。

恨啊！便祕真的很啊雜，我無法靜心一秒，無法！看到體重機的數字，就是生命被那根指針給控制，它往右偏一點，我就是減壽10年。那重量就是屎啊！

我的友人曾經也為便祕所苦，好幾次，據她自己的形容，就是要死在馬桶上。那一顆屎在肛門，真的是可以唱一首歌，豬哥亮的

歌：《牽K耐》，其中的歌詞「要走無步，要退無路」，完完全全就是形容死在馬桶上的心情。

如果您是便祕的新生，一般的瀉藥，就能達到好的效果。

雖說它的使用守則是，使用後6到8小時見效，但我誠懇的奉勸，就是安排好24小時待在家裡，因為這種事太難說得準了。沒有人知道貝多芬第五號交響曲何時響起，如果你不想要在外面突然被雷神索爾找上，又面臨找不到廁所的窘境，那就是吃完之後死不要出門，天皇老子約你你都要拒絕，金城武約你你也要說NO。因為你現在有更重要的事情要迎接，就是烙賽。

瀉藥吃久了，心裡就是不踏實，很怕所謂「依賴性」的狀況發生，講白話就是不吃瀉藥就不拉，那多恐怖，所以後期，我改吃酵素。

這個酵素呢，使用守則斗大寫著：使用本品期間多補充水分，上廁所次數增加為正常，需外出可以補充吐司麵包或白米飯即可減少上廁所次數。早上空腹飲用效果最佳，或飯前1～2小時飲用皆可。

我這個人呢，效果永遠都在追求一個最高級est的境界，就是要做到最滿，既然它都說早上空腹效果最佳，沒出息的龜孫才要飯前

飲用。我的人生就是豪氣。

　　所以有天早上，我到了辦公室，就空腹豪飲了這個酵素。還備好了白吐司，想說下午要開會，中午先吃點白吐司好讓下午不要拉得太過分（通常藥效通常是6小時後見效）。內心的如意計算機打好之後，我連吐司都還沒拿出來放在桌上，就聽到了貝多芬的第五號交響曲。而且，是DJ混音版。不要說六小時，我連6分鐘都還沒撐過！

　　早上空腹飲用效果最佳，早上空腹飲用效果最佳，早上空腹飲用效果最佳！

　　老闆啊，這效果也太佳了吧！

　　喝下去才3分鐘，我就夾緊屁股衝到廁所，我只能說山海關也關不住這萬馬奔騰的十萬，不，是百萬大軍！喝下去才3分鐘，我就死在公司的馬桶上！而且最害怕的是這種帶有音效的拉肚子，拉到一半萬一突然有別人進到廁所。我知道，隔壁的人也不知道我是誰，但這張老臉我就是拉不下來，萬一我拉完出來，她在洗手呢？那她不就知道剛剛交響樂的賽郎就是我？（我真的就遇過這樣的情形，那女的冷冷看我一點，眼中有嘲諷，她一臉寫著：妳就是烙賽女啊～）

　　媽的以後政府應該要立法，只要大樓廁所都要放搖滾樂！還要

是瑪麗蓮曼森的那種，最吵的！

　　廁所搞得這麼安靜是要放棺材嗎？為何如此安靜？所以那天我整天提心吊膽的衝進廁所大烙賽，怕的就是有人突然也來廁所，又要邊烙邊控制音量，因為就是會有別人也進廁所！我拉不下臉逼逼bobo，只好暫時停止，硬ㄍㄧㄥ到隔壁的女子尿完，慢條斯理的洗

要是人類的思想能夠化成飄在空中的真實圖形，
那我同事那天絕對會被馬桶淹沒，
因為我滿腦只想馬桶馬桶馬桶馬桶馬桶馬桶馬桶馬桶。

手，含情脈脈的照完鏡子，推門出廁所，我才能再開放我的山海關。

我～好～痛～苦～啊～～～

下午開會的時候，我真的也是要失去理智，因為我只要一恍神，那群勤奮的酵素就會把我肚子裡的屎趕出肛門。我整場會議只瘋狂思念著馬桶，要是人類的思想能夠化成飄在空中的真實圖形，那我同事那天絕對會被馬桶淹沒，因為我滿腦只想馬桶馬桶馬桶馬桶馬桶馬桶馬桶馬桶。

所以，這包酵素，千萬，千千萬萬，兆兆億億，一定要，在家飲用。不然你會像我那天一樣，差點死在公司，一不小心，也差點拉在會議室。

由於我那天的臉實在太痛苦，搞得廠商也關心我是不是身體不舒服？我只好輕描淡寫的說：「喔～我吃壞肚子。」（飄走去廁所。）

我無法說我一早空腹豪飲將酵素乾杯，所以整天瘋狂烙賽。想來想去都是自作孽。媽的，做人豪氣的地方可以很多，但絕對不是一早在辦公室豪氣的將酵素空腹乾杯。NO。我真的用錯地方。

恐龍用的……

去年過年年初的時候，本人可能工作壓力過大，面臨了前所未

有的便祕，就是七天。在第七天的時候，我真的哭喊著對光重說：
「我真的不行了，你去幫我買瀉藥！」

　　當時光重聽到女兒的吶喊，火速開車出門，除了幫我買了上面
的酵素回來，還買了一罐，相當幽默的東西，叫做浣腸。那尺寸，
那大小，根本是給便祕的大象用的。

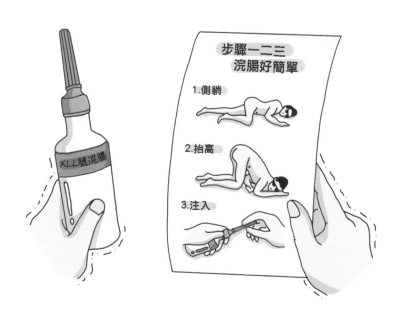

　　我到底是要怎樣把這東西塞到我的屁眼？而且裡面的說明書，更是讓我崩潰。

　　是的，它相當貼心的告訴我們，該如何把這罐東西，塞到屁眼。但看到那圖片，我真得覺的不如跳玉山再爬上山再跳一次好了。那說明書上有姿勢的說明，告訴你怎樣塞才好塞。

　　我是要叫誰幫我塞？我媽秋女？還是我男友？還是我妹？誰？誰要把這東西塞到我屁眼？WHO？

　　男友拿這塞我屁眼，他還會繼續跟我交往嗎？有必要這樣考驗真愛嗎？言情小說的男女主角都是真愛吧？

　　哪本書的男主角願意幫便祕7天的女主角塞這一大罐，塞進去之後還要把液體全部擠到屁眼內。

　　要是哪本言情小說有浣腸情節，我一定買！

　　我發誓，我真的發誓，對天對地對風對土發誓，我寧可親手殺掉大蟑螂，也不會把這罐東西塞到我的屁眼。

　　感謝父親大人的好意，雖然我便祕7天，但也不用買了罐XXXXXXL的浣腸給我啊！那根本是恐龍用的！

　　最後，我是把浣腸硬是送給了奇葩。硬送，管她有沒有便祕，就是威脅她收下，但她到現在也還沒用，因為真的沒有人有勇氣自

已把那東西塞到屁眼。

　　各位，瀉藥跟酵素請不要亂吃，還是去問藥局的老闆才是正確的。浣腸也不要亂用，不用這應該不用我宣導，畢竟，那真的比撞鬼還可怕。

三太子初見面：超自然Ｘ檔案的世界

信奉超自然力量，真的是很有趣的事情。

今天主角是友人奇葩。

奇葩他是一個頗高度信奉超自然力量的年輕女子，只要同事感冒，她就會很認真的說：「你一定是卡到了，快去拜拜。」

我每次都會在旁邊嗆她：「幹，是該看醫生好嗎？」

反正她是一個很熱愛將任何事情都歸類為「卡到」（卡到陰）的人。到底哪來這麼多好卡？

「你一定是卡到了，快去拜拜。」

拉風三太子

奇葩長期背痛，她都稱之為背癌，不停的宣稱她患有背癌。反正她背痛的原由應該是以前受傷還是怎樣，我也忘了，就跟她的星座一樣，我永遠記不起來。

周遭的人都相當熱心的介紹奇葩各路神醫，由於我之前自己也有腳傷，我當然也熱心的介紹了神醫給她。但這麼多年下來，奇葩永遠每一個醫生，都只去看一次，然後就會回來召開記者會宣布這醫生沒效。

妳大爺的廢話，又不是感冒，復健這條路看一次就有用？那復健診所開來幹嘛的？裡面都是放高利貸的嗎？

但由於奇葩耳朵比鑽石還硬，她永遠沒有聽進去眾人告訴她看醫生要有耐性這件事情。所以她always背癌。到最後，她開始宣稱，有鬼在她背後，她就是卡到，**卡到！卡到！！！**所以她的背才會永遠看不好。

我真的是她的真愛，我發揮了極大的友誼。有天我被她弄到key賭藍，我說：「好，妳背後又有鬼是吧？又卡到是吧？那我幫妳預約三太子！」

我幫她預約了我母親大人很愛用的一間宮，叫什麼我也搞不清

楚，北天宮？順天宮？就類似這樣，宮的藝名都滿像的。因為招牌永遠是深紅色又不是很乾淨，所以我也沒仔細看，只知道地點。

我堂堂一個基督徒，為了拯救朋友，就帶著奇葩去見了神祕的三太子。此話一出一定會被基督徒架上十字架活活燒死，但重點不是這個，請放過我。

三太子，真的是一種會嚇死老外的東方產物。太拉風了。

我帶奇葩去的那間三太子，問事情200元，有鬼的話，超渡2,000元（就算很多鬼好像也是2,000哈啊哈哈～）我個人覺得價錢非常合理，因為很多地方超渡是要2萬3萬的。由於奇葩認定她身後一定有阿飄，所以她志得意滿的帶了2,000元。

晚上七點多時，三太子先生，不，應該是說他的肉身，約莫35歲的男子出場。穿著很平常的T shirt 牛仔褲，還很時尚的配了Nike air max球鞋，就讓我稱他為Nike大哥好了。Nike大哥走進來套上道袍（剛好來能露出Nike air max的長度），然後就定位，坐在那裡，等著三太子「本人」抵達上身。

在等待的時候，我實在是很想笑，為了我這荒唐的朋友，我真的冒著被激進派基督徒燒死的危險。此時，Nike大哥叫了一聲，全部的「信徒」，包括宮裡面的工作人員，全員起立。我們也慌張的一起迅速站了起來。正式開啟我們的超自然夜晚。

三太子出場
必備寶劍

保護當事三太子長相

超大碗公大棒棒糖

道袍底下是平常到不行
的黑T恤七分牛仔褲

道袍長度剛好能露出
NIKE AIR MAX

NIKE AIR MAX
時尚潮鞋

　　三太子就像醫生一樣，等他叫到你的時候，才能上前去跟他本人討論你的困擾。

　　由於三太子他是一位孩童，所以每每他上身的時候，除了那他那把寶劍之外，還會邊吃一支超大的棒棒糖，是真的超大，像碗公一樣大。好不容易輪到了奇葩，我一同陪她上前。

　　三太子操著娃娃音說（而且眼睛是半瞇的狀態）：「妳今天有什麼事呢？」

　　奇葩：「我背痛，一直很痛，我覺得我後面有阿飄～」

　　（此時我心想，三太子是古人吧？他聽得懂「阿飄」這麼新潮的詞嗎？）

　　看來三太子是有跟上潮流的。

　　三太子回答：「嗯，阿飄嗎？好，我幫妳看看！」（依舊操著高8.3度的娃娃音。）

　　然後他拿著他專用的倚天劍，抵在奇葩的手腕，進行了高級的隔空把脈，手指還掐指算，如同電視劇裡面的道士會出現的手勢，一毛一樣。

　　三太子用娃娃音回答：「妳背後沒有阿飄ㄟ～」（我就跟妳說吧！！！）

　　奇葩此時就賭藍了，她理直氣壯的說：「那為什麼我的背會一

直很痛？」

　　三太子，三先生，穿著道袍，眼睛半瞇，一手拿棒棒糖，一手拿他的倚天劍，配著很in的穿著Nike air max，稚氣娃娃音的回答：

　　「我看妳是電腦用太多吧～」

　　「我看妳是電腦用太多吧～」
　　「我看妳是電腦用太多吧～」
　　「我看妳是電腦用太多吧～」
　　「我‧看‧妳‧是‧電‧腦‧用‧太‧多‧吧～」

　　哈哈哈～

　　我真的瞬間崩潰！大崩潰！

　　三太子！我愛你！！！

　　道袍、倚天劍、Nike、棒棒糖（還有後方很多神像），配上這句台詞：「我看妳是電腦用太多吧～」（他不是古人嗎？他知道電腦？）

　　我，肥肉丹妮，當晚在宮裡大、崩、潰！三太子！你講得太對了，拜託你去醫院當醫生！

因為奇葩確實就是電腦用太多的人，永遠都在用電腦。

就跟妳說不是卡到吧，哪個鬼跟到妳，都會衰到下輩子。煩死人了！

聽到這話，奇葩也無話可說了，只好默默的放棄。

然後我還陪著她進行了一系列燃燒的符咒在身旁揮來揮去，跟喝符咒水的旅程，著火的符咒在我身旁揮的時候，我真的發誓，要是燒到我，我一定殺死奇葩！也太近了吧。燃燒的符咒一定要這麼近的揮舞著我們嗎？好hot。

但會有這樣的女兒，奇葩的母親梅子，絕對是重要功臣。

三太子：「我看妳是電腦用太多吧～」（娃娃音）

　　有一次我們一行人去奇葩家的時候，她家的小河豚——虎哥，在魚缸裡奄奄一息。

　　虎哥生病了。

　　正當我跟朋友打電話給 master of 魚的朋友詢問該怎辦的時候，梅子很驚慌的出場了：「蛤～虎哥要死了？怎麼辦？那我去拿佛茶（念過大悲咒的水）喔！」

　　然後就將佛水倒入了魚缸。

　　兩星期後，虎哥還是往生了。

　　我在想該不會是念過大悲咒的佛茶，裡面有了……法力？然後倒進去之後虎哥就會整個魚缸聽到 non stop 的大悲咒音樂。活活把牠吵死也不一定。這是我的幻想。

左右都不是，為難了自己～

　　在迷信大王奇葩被三太子宣布身後根本沒有鬼，背痛是電腦用太多的那鬧劇之後，換上第二位主角，友人老背上場。

　　老背也是因為一些難以化解的神祕世界來找了三太子，我還是不得不說我一個堂堂的基督徒冒著被其他基督徒架上十字架燒死的危險，帶著兩位友人找三太子，真的是可以頒發最佳好朋友獎盃給我。

在三太子聽完老背的問題，要再度使用他的倚天劍上演隔空把脈。令我不得不說帥氣度破表。

我的三先生操著娃娃音說：「好，你把手伸出來，我來看看。」（然後老背伸出雙手了。）

三太子大哥穿著Nike air max繼續說：「男左女右。」

由於，老背是一個非常男性化的女性，講白話也就是T，所以在三太子大仙說出男左女右的時候，已經伸出雙手的老背，頓時不知道要伸哪隻手出去，驚慌的她當下呈現兩隻手心朝上滑步走的狀態。

　　我、奇葩、三太子本人、旁邊的工作人員，全部當場崩潰，通通都笑出來。

　　幹嘛學陽帆在分手擂台的手勢？這是哪裡帶回來的最新舞步？可以大唱鄭中基跟張學友的《左右為難》：左右都不是，為難了自己～

　　三太子大哥有沒有這麼新潮知道什麼叫做T我是不知道（但他連電腦都叫得出口了），但他微笑了。他拿著椅天劍smile了！露出了前民進黨祕書長的神祕微笑。

　　好險，他旁邊的工作人員非常上道，是一盞耗油的燈，立刻用介於憋笑與親切之間的笑容對老背說：「女生就是右手喔。」

　　得救了！我們得救了！正確答案是右手！T要舉的是右手，感謝大娘相救！

　　呼～這才讓老背可笑的舞步終止，好險三太子見過大風大浪大海嘯，我們凡間有性向不明這檔子事情，他也能處之泰然。換句話說，如果您是可愛gay的話，別忘了舉左手給我們的太子爺把脈。（對，這是呼籲。）

　　老背有一次找工作的時候，去一間看起來很體面的本土電子公司面試，然後錄取。

　　面試的時候，一切都相當正常，就是普普通通的電子公司，但進去之後，才知道，整間公司，就是超自然大本營。

　　老背開始上班了，每天下午三點，香味就飄來。但，這不是食物的香味，這是上香的香味。原來，公司的員工每個人每天下午都要上香，而且老闆總是會失蹤一陣子，他不是去廝混了，他是去了公司裡面的佛堂打坐。然後呢，公司規定（不是勸導，是規定），只要初一十五，全部員工都要吃素。

　　整間公司彷彿就是有上班的寺廟啊，但，這都不打緊，宗教信仰本是人類的自由，我們開明的人是不會有意見的。

　　直到有天，公司要老背取英文名子的時候，主管說：「我們公司的專業顧問會幫妳算好，妳到時候挑一個名字就好。」（媽的英文名字也能算？）

　　所以，老背收到了一封信，是公司顧問的來信。

　　來信者叫作Dr.愛。不要懷疑，就叫Dr.愛，是那間公司花錢請的顧問。

　　以下是幽默至極的信件內容，我一字不漏的轉貼了。

FROM：Dr. 愛（mail 看到這裡我就崩潰了）

註：林＊＊小姐 73 年農曆 X 月 XX 日生

　　配合先天八字所合而精選出以下大吉大利英文良名，請任選一名，在陽曆：7 月 16 日、17 日、19 日，上午使用大吉，請長輩連叫三聲（要回應：有），同時把調床位腳、辦公桌向北方大吉、南方小吉、西方平平，忌向：東方大凶忌之。

　　註：鏡子不可照床、門、窗戶大凶，床底下保持空暢。

　　以下英文名子請擇一

（一）、YASMIN_Lin

（二）、VIDA_Lin

（三）、CONNIE_Lin

（四）、EFFIE_Lin

（五）、MAXINE_Lin

哈哈哈哈哈哈哈哈哈哈哈哈哈哈哈哈哈哈哈哈哈哈哈，這是什麼離奇的mail？我非常想要見愛博士本人一面！Dr.愛，你、是、誰！WHO ARE YOU？

這麼拉風的道號，完全贏過詹惟中跟蔡上機這種用全名的老師。你贏了！要是我哪天成為神棍……啊不，是顧問，我要叫我自己Master愛，向您致敬。

至於名字，我既然領有好朋友獎狀，我當然要認真選擇，在我內心把每個名字都認真唸了千百回之後，我投票選了MAXINE！

麥克星，這種要girl不man的名子，最適合T了！

但愛博士要整死誰？這些名字也太難唸了，不是Amy也不是John，整個大惡整各位員工母親的英文能力。

重點是，媽媽願意配合演這齣嗎？

7月16日的上午，要請媽媽大吼：

「MAXINE Lin ～ MAXINE Lin ～ MAXINE Lin ～～～」

「有！！！」

除此之外，還要請媽媽幫忙搬床，搬向那光明的大吉北方。

累死誰？到底要累死誰？月薪是開多高？搬了會月薪20萬嗎？我偏偏就是想搬向南方！

最後，上週一群友人講到「過敏」這件事情。過敏是個很麻煩的事情，因為你要找到過敏源（如：銀、蝦子、空氣，不要懷疑，真的有人對空氣過敏。）

但世界上物質這麼多，好幾兆種，但現在的檢測只能測的出36種而已，所以除非你的過敏原因就是這36種以內，不然第37種開始就是只能猜到死！在我們討論過敏源有多難找的時候，奇葩此時很理直氣壯的說：「啊這就是要找通靈的老師好不好～」（配上你們很蠢的表情。）

妳大爺的老雜毛，我們到底為何要跟她當朋友？

超自然的世界，太有趣了。

三太子再相遇：請大家放過三太子好嗎？

我是個基督徒，我愛上帝，我很常聽美國牧師約爾奧斯汀（Joel Osteen）的佈道，我都叫他亮白約爾。估狗看照片你們就會知道為何，無須解釋。

我也滿常禱告的，我跟神很常打開我內心的小room。

我也會看關於基督教立志方面的書，我個人就有收藏好幾本，時不時哈雷路亞一下。

但，我找三太子。哈哈哈哈哈哈哈哈哈哈哈哈！基督徒狂熱份子請不要把我架上十字架！

三太子打趴利瑪竇

全球美妝部落客，對，我是分類是掛在美妝底下，請表弟妹不要忘了婊姐招牌是掛在美妝，雖說我的爛事永遠比較紅。OK，全球美妝部落客這麼多，我當然沒啥了不起，但我可以很臭屁的說，不論部落客寫什麼產品推薦，真的都不會有人比我更前衛，因為我今天要推薦的是：我的三太子。

媽的基督徒不要怪我找三太子！因為我看過非常多集Discovery《鬼影森森》這節目（是美國真實各種

撞鬼的故事，然後以台灣變色龍的方式拍攝，但沒有盛竹如），看這麼多集下來，只有一個心得，就是：

基督教或天主教在驅魔這一塊，徹底薩ㄅ（Suck）！罩不住，招牌給我拆了！

我個人是一個崇洋媚外的傢伙，老外的月亮比較圓，老外的腹肌比較大，喀稱也比較大。但在驅魔這一個part，不好意思，全球最大的月亮在台灣，最大的腹肌跟喀稱也在台灣！

什麼西方的船堅砲利完全沒用，要是有驅鬼世界大賽，派一個道士配三太子上身，絕對可以打趴利瑪竇，把洋和尚全部嚇到脫屁股。

我真的不是迷信，這要扯到我小時候，當丹妮婊姐曾經也是一位天真浪漫的清純小女孩的時候，我印象很深刻一件事情，就是我老媽邱女，有一次大病不起。我記性很爛，小時候得事情我啥事都記不住，但唯獨這件事情我真的印象很深。因為我不懂為何邱女不能煮飯給我吃了，我很餓！I am a hungry little cute girl.

後來我比較懂事之後，問到邱女這件事情，她說她那次真的差點病死，就怎麼看醫生都看不好，但又不是癌症，也不知道是啥小病，就病到每天只能躺在床上等死。

後來我ㄚ罵把她拖起來，逼她去找三太子，邱女當時真的非

驅鬼世界大賽
World Exorcism Contest

三太子	VS.	利瑪竇
㊤ 中壇元帥真經	經典	新約聖經 ㊤
㊨倚天劍 棒棒糖 符水	驅魔道具	聖水
㊤ 道教	所屬宗教	天主教 ㊤
㊞㊞㊞㊞ 大勝	驅鬼成效	弱

常不想去，因為她覺得這很蠢，但婆婆的命令是聖旨，所以只好去了。結果是大卡陰。三太子弄一弄，兩天之後，下床又變成能煮飯給小丹妮吃的邱女。從此以後邱女就以恭敬之心愛著三太子。

（P.S.當年的三太子，是現在我去找的三太子的爸爸）

後來可愛天真小丹妮長大了，三年前，有一晚開始，我睡覺的時候，一直覺得耳邊很吵，就很像有一群老美在我房間開home趴，美國派那樣，吼～為何沒邀我？

但我也不介意這種吵，但我的不介意是因為我半夢半醒，而我

房間，也是真的沒人在旁邊開趴，所以我是要怎樣介意？要投訴警察嗎？警察到我房間抓走的會是我這削查某吧。

我就過了好幾天睡不好的生活，每天睏謀爸。直到有一天晚上，依舊很吵，然後有一個男生的聲音，在我耳朵旁邊對我很清晰的說：「我愛妳。」

X！半睡半醒的我當場清醒，超清醒，要我算三角函數都能立刻準確算出的清醒！現在想想是還滿好笑的，到底為何要跟我告白？

我是有美到讓這位仁兄要跟我生死戀一場嗎？但又不是車勝元在我耳邊說我愛妳，所以也笑不出來。我隔天立刻跟邱女稟報，但我省略了我愛妳的部分，畢竟這有點浪漫，我怕邱女承受不住，邱女說：「去找三太子！」

找完之後，喔～卡陰！還不是卡一位是卡一個團體，卡三位。

整晚在我房間開趴，難怪這麼吵，有一位可能還日久生情愛上了我，可能我睡得太性感，跟我告白。

後來超渡完之後，當晚，安靜至極。Party is over，那位我無緣的戀人去投胎了，我也睡得超好了。

鬼要現身給我看

前兩週，我身體非常不舒服，每天都很像宿醉，我的頭真的是每天很暈，像林黛玉，anytime anywhere，有時候又痛。又沒有看到歐巴本人，我到底每天暈什麼？

我一開始覺得我是運動傷害，所以我去找了我的中醫師三次，我的中醫師很強大，我不會質疑他的醫術，但我還是每天呈現死亡邊緣，我頭越來越暈，越來越痛，我以好萊塢女星的規格在運動的人，什麼都能停就是運動不能停！我連去員工旅遊都能帶球鞋去運動！沒運動我就會用瑪丹娜的方式發飆，但我暈到連運動都不得不停止。連文章都停了一週。

我是個實事求是的人，所以我做了兩件事情，要走兩條路：

1.掛號神經內科

2.掛號三太子。

兩條非常極端的路，極度科學跟極度不科學。我真的是一掛好神經外科立刻預約三太子，自己把自己甩出車外。

因為時間上的問題，所以我是週五晚上先去找了三太子，週六才掛得到神經內科。

　　這個週五找三太子的夜晚，真的是有夠荒謬。因為三太子會有很多人要找他，我就統稱病人。

　　三太子他是一個小孩，基本上是操台語的，每次三太子降臨的時候，他都會吃棒棒糖（旁邊的人遞給他），然後渴的話，他就會說：我要喝ㄉㄟˋㄉㄟˇ。（婊姐辭典：茶的台語。）

　　哈哈哈哈哈哈哈哈哈哈哈哈哈哈哈哈哈哈哈哈，台語疊什麼字！誰准許你中台交雜！但他又是一個孩子，所以我也不能計較。要是像我對男生說：我要喝ㄉㄟˋㄉㄟˇ，我肯定是被一桶滿的飲水機水桶砸死，但孩童講這種話，就是可以原諒。

　　三太子再次宣布：我卡到陰。我真的是苦笑了，我八字可以吃胖一點嗎？它們到底是多瘦？我要去哪裡買營養品給我的八字吃？

　　這一次我卡到兩隻。講的好像這一次我買了兩隻雞腿，總之一如往常的，我一個信上帝的基督徒，就拿著香，跟著三太子走到門口，因為三太子要去跟靈界的朋友協商。

　　這種時候當事者就是一個跑龍套的，只能拿香站在後面聽三太子談判。當然，在我這種凡人看來，三太子是對空氣講話，但這是好事，因為我對於他正在講話的對象實在毫無興趣，完全沒興趣，徹徹底底沒有任何興趣。

　　三太子跟那兩位說，這位小姐（也就是大衰包我本人）人很

好，要花錢幫你們超渡，你們不要再遊蕩了，等下就跟著天兵天將走吧！這裡不是你們該待的地方

結果這兩位仁兄，讓我病了兩週的仁兄，居然對三太子說，要答謝我，所以要現身給我看。

嚇得三太子立刻說：「毋湯喔毋湯喔～（台語）你們不知道，你們長得很恐怖嗎？千萬不可以現身！她會嚇死！」

這麼熱情，鬼要現身給我看？

哈哈哈哈哈。我真的拿著香，站在那裡哈哈。

哈哈哈哈哈。怎麼辦，我還滿想看一下的。

哈哈哈哈哈！都有心理準備了，我真的也是想要看一眼，這種機會哪裡找？但就一眼，兩眼都不行這樣太多！真正的試膽大會！

像我這種真正有實質上問題的人，那天晚上，only me！為何我如此理直氣壯的說其他人的問題真的不是大問題，啊我卡陰是能拿健保卡去掛號嗎？難道我能跟醫生說：ㄟ，我後面跟兩隻，你幫我照一下X光照死他們。

當天晚上的其他人，天啊，你們所有人，放過三太子好不好！三太子真的要被所有老百姓逼死！他只是一個孩子，以凡間來說，他根本是童工好嗎？我們這樣根本是非法虐待童工！

接下來出場的是，病人1號。

病人 1 號：宅男媽媽

在我前面是一對老夫妻，典型的生了一個特尾獎的兒子，生到那種殺人放火的兒子叫做中六合彩，那生到那種麻煩但也沒殺人放火的兒子就叫特尾獎。那媽媽不停的擔心他的兒子是一個純種的宅男，很純種，還會有血統證明書的那種，完全不出門，沒有任何朋友，只有兩種情形會出門，就是上班或家裡失火。

但這宅男兒子可不是處男，他真的也是相當有才華，他居然也交了一個女朋友。

然後這媽媽就非常不滿意這女朋友，說她嘴巴不甜，連自己的內衣褲都不洗！！逼迫三太子一定要斷他們因緣！！

三太子反問：

什麼是內衣褲？

什麼是內衣褲？

什麼是內衣褲？

哈哈哈哈哈哈哈哈哈哈哈哈哈哈，古人不知道什麼是內衣褲啦！三太子真的是一個進化不夠完整的古代小男孩！因為他知道什麼是電腦（請參照〈三太子初見面：超自然 X 檔案的世界〉），但內

衣褲，三太子還沒學到啦！時代還沒完全跟上！

　　所以那媽媽只好很無奈的跟三太子解釋，什麼是內衣褲，三太子恍然大悟了，居然很苦惱的說：「最近我們那裡的某某某（台語，聽起來就是他老闆的意思，我聽不太懂），跟隨流行裝了台電話，我還問他你到底喜妹咖吼向？（你到底是要打給誰？）」

　　哈哈哈哈哈哈哈哈哈哈哈哈哈哈哈哈哈哈哈哈哈哈哈哈哈！

　　天啊我懂陰間的事情，我懂！

大帝你到底喜妹咖吼向?!?!

（因為我看過小說：《我當陰陽先生的那幾年》，在此感謝表妹推薦我這精彩萬分的小說）

後來我還很認真查，喔，原來三太子老闆是玉皇大帝，所以看來是玉皇大帝跟隨潮流，裝了台電話哈哈哈哈哈哈哈哈哈哈，玉皇大帝要打給誰？媽祖嗎？那這樣要是媽祖沒裝，是接不到的，所以媽祖應該也要裝一台，後來我又想到，那如果要打給上帝，這就是打跨國電話了？那這樣玉皇大帝也要去上何嘉仁。

回到不洗內衣褲的女朋友。總之，宅男的媽媽，就逼迫三太子要斬斷他們之間的因緣，這真的是逼死三太子了，三太子很為難的說：「可是我算過他們是三合，這斷不了的……」（我也不知道滿分是幾合，但看來三合就是天作之合的一種。）

阿婆就崩潰了，一直瘋狂盧小三太子，一定要斷掉他們之間的姻緣！

哈哈哈哈哈哈哈阿哈哈哈哈，放過三太子！我才有正事好嗎！老娘卡！到！陰！

病人 2 號：考生媽媽

後來有一個媽媽，帶小孩去請三太子，幫她考試，小孩要考高中了，結果話一說完，三太子崩潰大吼：「我上次踢到替幫！！！（鐵板）我幫一個人考公職，結果我沒幫他考過！」

天啊三太子下班回到家之後，還要挑燈幫凡間的人念書！難怪他聽到又有人要請他幫忙考試，徹底崩潰。哈哈哈哈哈哈哈哈哈哈哈，玉皇大帝真的是邪惡的老闆，完全超時利用童工！但是大家來這裡就是逼死三太子的，那媽媽完全不顧三太子很老實的說上次踢到替幫沒考過，依舊逼迫三太子幫她女兒考高中。

嗯哼，踏進三太子這裡的真的都是盧小狠腳色。

三太子真的就是一個濫好人，一被盧，他就只好勉為其難的答應了媽媽，接下了考試的case，下班回到家，又要熬夜念書了。

我在此祝福三太子，考試能過，不要再踢到替幫，不然三太子也可以借電話打給文昌帝君，求他讓你考試通過。

後來又有個阿婆，阿婆真的是專門來剋死三太子，阿婆說她下個月要出國，三太子你要保佑我平安！

三太子笑笑的問她：「難道妳要我在底下幫妳mo輝林《一

嗎？」（台語，扛飛機。）

　　阿婆說：「厚啊！你要嘎哇bo bi啊！」（台語，保佑。）

　　三太子又崩潰了：「輝林ㄍㄧ一這麼大一台，我這麼小，妳要我幫妳扛？」（雙手擺出向上扛的姿勢。）

　　哈哈哈哈哈哈哈哈哈哈哈哈哈哈哈哈哈哈哈，你們，放過三太子好嗎！

　　這是鋼鐵人才該做的事情，不是三太子一個孩子！

嚓

喂？三太子嗎？
我想到前女友就生氣XOOXO⋯⋯

三太子，拜託你一定要斬斷
他們之間的姻緣，拜託你啦～

三太子嗎？我小孩要考高中，
你要幫他唸書考第一志願！

三太子是被壓榨的童工，三太子很忙！

病人 3 號：超渡嬰靈的女孩

　　後來是個年輕女生，因為墮過胎，所以想要請三太子幫她超渡嬰靈，三太子問她：「那妳拿過幾個小孩呢？」（三太子不太算是算命的角色，所以他是會發問的。）

　　女孩回答：「我不知道我拿過幾個ㄟ，忘記了。」

　　再度把三太子，逼死～三太子當場無言，全場靜默，逼死三太子連莊！

　　連自己拿過幾個小孩，都忘了，因為有點多。所以三太子只好很無奈的說：「好吧我幫妳查一下～」

　　天啊～三太子只是小孩！你們不要再逼他了！有正經事的是我好嗎？他本行就是搞定卡陰，他good at 超渡，不要煩他！

　　後來我朋友去找三太子，他說，那晚也是所有人要把三太子逼死。

病人 4 號：怨恨前女友的台客

　　有個台客跟三太子說：「我想到前女友就很生氣，但我不愛她了！」

　　三太子說：「我不是叫你不要想了嗎？」（看來是多次來盧這件

事。）

台客：「我沒辦法不想！我就是很氣，但我不愛她了！」

然後這段對話就 over and over over and over over and over again.

我正式宣布我無法當三太子，因為我一定會爬上神壇把玉皇大帝的神像搬下來，直接夯他頭。

三太子是濫好人，他當然沒有搬他老闆的雕像下來夯台客，三太子只有苦口婆心的勸他，要往前看，不要再沉溺於過往 blablabla。

還說：「等待會結出美好果實。」

哈哈哈哈哈哈哈三太子一個小孩子，到底為何還要身兼張老師？

大家到底要多逼死他！他回家還要熬夜念書好嗎？來到凡間上班還要被客人逼死，我要哭了我。

三太子這種濫好人真的很適合拿來當同事，報告做不完都可以使喚他，我只要一盧，他一定會幫我做完的，在此許願，希望婊姐往生之後，能跟三太子當同事。

最後善意提醒表弟妹，人生關卡還是需要運用自己的智慧去處理，不要遇到什麼事都求神問卜去算命，學習長大好嗎？

　　我是真的遇到無法解決的事情才會去煩三太子，卡陰要是我能自己解決我現在就是丹妮法師了好嗎？我絕對會靠這才華大斂財！這位三太子真的人很好，不是斂財的人，見他一次居然只要200元，還可以不停的騷擾他，問到飽。

　　如果真的卡陰，超渡也才2,000元，但也不是每個說身體不舒服的去，他都會說卡陰，因為副總監奇葩就真的曾經帶好2,000元走進去，對三太子一口咬定：「我背一直很痛，我卡到陰！」

　　結果三太子冷冷的回她：＿＿＿＿＿。

　　我這裡就不破梗了，請見〈三太子初見面：超自然X檔案的世界〉，因為這句台詞太經典了哈哈哈哈！

　　（請表弟妹不要逼問我三太子在哪裡，除非你真的遇到鬼，我才會給你！）

邱女的洗衣機

我只能說，我要完全隱瞞我出書的事情，拜託誰可以幫我封鎖消息？因為我媽邱女，她不停的警告我，我寫文章的時候絕對不能提到她。我嘴巴上都對她說：「妳以為妳是林志玲嗎？是有啥好提的？」但我這一篇又要再度出賣她了，哈哈哈哈哈。

我不要雙槽洗衣機啦！

邱女是一個熱愛把任何家事，高度複雜化的家庭主婦。她的代表作就是，到現在，我家還是在用「雙槽洗衣機」！

基本上她大部分時間都用手洗衣服，因為她宣稱全天下洗衣機都很浪費水。直到衣服比較多的時候，才會去動用到她的雙槽洗衣機。雙槽洗衣機真的是世界上最麻煩的洗衣機，跟扛衣服去河邊洗衣服一樣麻煩！為什麼要用雙槽不用單槽？喔，因為她又宣稱：單槽洗不乾淨！

一台黑白沒有網路的NOKIA 3310手機丟在路邊，我會撿。

但是如果看到一台雙槽洗衣機全新的丟在路邊，

我會拿棒球棍砸毀，確保它壞得徹底，因為我怕我媽撿回家。

雙槽洗衣機最麻煩的地方在於，當衣服洗好之後，人要過去洗衣機旁邊，把衣服從左邊的洗衣槽，跨海移到右邊的脫水槽。全天下沒有任何東西比溼答答的衣服跟毯子或浴巾還要重，我每次在撈毯子的時候，都覺得我人在夜店，我扛的是喝醉酒朋友的屍體！就是這麼重。而且到後期，脫水槽脫水的時候，真的還要先用手先幫它助跑，不然它已經跑不動了，哈哈哈哈哈哈哈哈～而且千萬不能忘記去進行脫水的扛屍體活動，不然那一鍋衣服就是泡到真的變成浮屍。

邱女的寶貝雙槽洗衣機

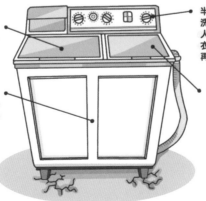

衣服洗好之後，人要過去洗衣機旁邊，把衣服從左邊的洗衣槽，跨海移到右邊的脫水槽

半！自！動！
洗到一半她不會自動排水，人要在旁邊按排水，再按洗衣，再按排水，再按洗衣，再按排水，再按脫水

除了要人類當全程看護之外，她一開下去，我家立刻變美軍基地，那聲音就是一台坦克車轟～～～～～轟～～～～～

脫水槽脫水的時候，還需要先用手先幫她助跑

　　去年我的母親邱女15年的**雙槽洗衣機**壞掉了，我立刻非常開心還手畫胸口十字架的說：「天呀總算壞了！太開心了！感謝老天！」邱女很生氣的說：「妳怎麼可以這樣說！我堅持用雙槽，我要再去買一台！」

　　現在到底誰還在用雙槽洗衣機?!非洲森林裡面的土著都已經用單槽洗衣機了好嗎！所以我很不屑的說：「好啊，妳買得到就買啊，根本沒有廠商在做雙槽洗衣機好嗎？妳買得到馬車嗎？」結果，我一回頭就是看到鬼，因為！當晚一台嶄新的雙槽洗衣機送！達！我！家！不～～～我下個15年又要扛衣服去河邊洗了～而且更靠腰的是，原本我家那台破雙槽是全自動，新買的這台，是王八蛋的**半！自！動！**還更退化！

　　就是洗到一半它不會自動排水，人要在旁邊按排水，再按洗衣，再按排水，再按洗衣，再按排水，再按脫水！

　　買一台半自動雙槽洗衣機洗衣服，我們人類還要全程陪伴當看護！不然它就是南美洲人，徹底罷工。就像是你請了一個助理來幫你做事，結果助理工作能力太爛，搞的老闆還要幫她寫好工作事項，並且時不時提醒她，到底誰是誰的助理?!

　　而且這台新的半自動天王老子雙槽洗衣機，除了要人類當全程看護之外，它一開下去，我家立刻變成美軍基地，那聲音就是一台

坦克車，轟～～～轟～～～好像她在抱怨洗衣服有多辛苦！聲音大到我可以邊洗邊用最髒的髒話大罵媽媽都不會被聽到。

夢幻單槽洗衣機贏得勝利

由於我自許新北市JLO，明明就應該是要使用最先進的貴婦牌滾筒式洗衣機，還要是香檳金的洗衣機，穿好萊塢緊洋裝配高跟鞋走過去按一個鈕，掉頭就走出門逛名牌啊！我用了一次之後就立刻

One touch～～～

對邱女放話（音量比那台坦克還大）：「我要自己買一台新的全自動單槽洗衣機！妳給我喬出一個位子讓我擺！」

沒想到邱女說：「妳年輕人沒經驗不知道怎麼挑單槽洗衣機，要買的時候我跟妳去挑，我來選。」

妳品味這麼差。

妳品味這麼差。

妳品味這麼差。

妳品味這麼差。

妳品味這麼差，誰要讓妳挑！！！妳只會再挑一台全自動的雙槽洗衣機，我就會變成看護again！

但我掌握到一種策略，叫做「假順從真反抗」，所以我嘴巴上說喔好～但其實內心已經跟神明發了全天下最毒的毒誓，絕對，不會讓邱女參與我買洗衣機的過程，我巴不得對我自己下降頭！

這兩天我都請我的家事天王朋友幫我研究洗衣機，他幫我挑選了一台很適合我的。兩天後我跟邱女說：「我已經挑好洗衣機了，明天送到。」

邱女當然開始展現中年婦女的本色，叫做「瘋狂靠腰」，她靠腰的技術跟梅西踢球一樣好，她說：「妳怎麼沒約我一起去？啊我

不是叫妳跟我一起去挑嗎？唉呦，妳又不懂洗衣機！那妳買哪一個牌子的？」

　　我：「某某牌！」

　　邱女：「黑母後啦！那大陸做的啦！就說妳不會挑吧！」

　　我現在就是JLO被小甜甜布蘭妮說：「妳穿衣服好醜。」

　　洗衣機送到之後，我就在家裡發表正式的洗衣獨立宣言：「不好意思，我進入了尖端科技的洗衣年代，拜託妳不准再幫我洗衣服了！感謝妳！」（還用張惠妹演唱會的小白麥克風跟她說。）

　　我會這樣是因為，邱女她多年以來很愛靠腰她洗衣服很累～

天后阿妹的小白

「不好意思，我進入了尖端科技的洗衣年代，拜託妳不准再幫我洗衣服了！感謝妳！！！」

洗衣獨立記者會

　　廢話，因為不論是手洗衣服還是雙槽洗衣機洗衣服，這兩者都很累！差別只是在河的上游跟下游而已！但她堅持不肯使用先進的全自動單槽洗衣機！因為她說洗不乾淨又浪費水。好啊這麼不相信科技，那她都走路就好啦，不准搭車，因為車子很浪費油也不安全！

　　最近她居然又跟我靠腰：「唉呦我去照腸鏡，醫生說我腸子有點下垂，因為我站太久了，我就是家事做太多啦～」

　　我完全能理解巴西球迷為何輸球會想要暴動跟燒公車，那是一種無法平息的情緒。有一個球迷還一口氣燒了20台公車，變成名副其實的——火車。我聽完邱女的話我心情就是想要暴動！我是巴西人，我要燒40台公車！ double ！

　　除了靠腰她的腸子下垂，她開始不停的唱衰我走入時尚貴婦人生，她很酸的說：「妳不要以為按一個鈕就能洗好衣服啦，沒有這麼簡單啦！我看妳可以洗多久，而且妳那種洗衣機，很浪費水！」

　　我到底要怎樣讓她相信，就是按一個鈕就能洗好！難不成單槽洗衣機旁邊還有外接一個電子琴的鍵盤，洗衣服之前還要先彈一首「大黃蜂」才能啟動嗎？

　　還有我到底要怎樣讓她相信，現在的洗衣機都有水量的選擇，不是每一次洗衣服就要用掉一個石門水庫一整年的儲水量！

　　後來我發現，邱女會偷用我的夢幻單槽全自動洗衣機。但她洗完之後，不脫水，會把那些衣服，扛去雙槽洗衣機脫水，哈哈哈哈哈哈哈哈哈哈哈哈哈哈哈哈哈哈哈哈哈哈哈哈哈哈哈，我絕對不會去問她的理由是什麼，我不想知道！

使用説明書

1.關閉洗衣門

2.使用外接電子鍵盤

3.彈一首大黃蜂進行曲，即可啟動洗衣功能
　（樂譜請參照P.40頁）

可不可以給我不煩的女主角

　　在溫蒂的小說漫畫還是電視劇中，很多女主角，她們的任務就是輕鬆得到高富帥男主角的愛，而且還是all高富帥，男一到男一百都會愛女主角，魅力破表無遠弗屆，如果這些女主角被搬到《末日Z戰》，那些殭屍也都會義無反顧的愛上她們。

　　我對於這種平凡女子，也就是矮窮普的女子（因為不見得醜），被高富帥看上的劇情沒有太多意見，因為這就是專門給溫蒂看的，像安潔莉那裘莉需要看這樣的東西嗎？喔夫寇斯NOT！因為她忙著勾搭帥哥喇機與撞破花瓶。

　　從小到大這些女主角逼死我的是，矮窮普後面的煩。

　　矮窮普・煩。

　　不管是矮窮煩還是窮普煩還是矮普煩，這些女主角的魅力特色怎樣排列組合，一定都會有一個，煩。

煩 1 號：小說《格雷的五十道陰影》女主角

女主角（叫啥不重要，我記不住），沒看過這套小說的話，簡單的說就是高富帥怪（男主角很怪）從頭到尾不停與

矮窮普的女主角，打炮打炮打炮打炮打炮打炮打炮打炮打炮打炮的打炮次方。

女主角把台語「爛梨子裝蘋果，落翅仔裝在室」這句話奉為人生的圭臬，（台語不懂得請自行估狗）。臉上都對男主角說不要啦不要啦，但內心一直大喊：：

來幹我吧來幹我吧！來！幹！我！吧！來！幹！我！吧！來！幹！我！吧！

此套書就是描述她從初一00：00發春到初三百六十五23：59，全年無休。

以下是部分小說原文：：

「快吃，安娜塔希婭。」（這裡是男主角叫女主角吃早餐）

我的食慾再次消失……再來……再做一次……求求你。（他不是叫妳吃老二，妳到底可不可以專心在早餐？）

類似劇情＊10000000000次～

或是格雷問女主角問題（以下為原文）：

「那妳最喜歡幹什麼呢？安娜小姐？」他問，他的聲音柔和，嘴邊帶著神祕的微笑。我盯著他，說不出話來。我站在原地。假裝讓自己冷靜，安娜。我在意識裡迴避著他。

「看書，」我回答，但在我的內心，我已經早已抑制不住想要大喊：你！你才是我喜歡的！我立即把這想法壓在心底，苦惱，但我必須努力控制。

「什麼樣的書呢？」他問道，他幹嘛這麼感興趣？

「哦，你懂的。經典的，英國文學，等等。」

哈哈哈哈哈哈片笑！我要把「奧來啊ㄍㄟ捧購，勞起啊ㄍㄟ在室」（爛梨子裝蘋果，落翅仔裝在室）翻成英文做成匾額送給女主角！女主角說，她喜歡經典的文學，一定是金瓶梅英文版，這樣也算是英國文學吧？畢竟都翻成英文了！以後萬一我人生遇到帥歐巴，歐巴問我喜歡什麼，我一定要很沉穩的說：「我偏好看量子力學的書籍。」

女主角的內心世界除了都是這些情色的東西之外，她經常性

的因為格雷怎樣調戲她，她就會大大暗爽。然後她內心小宇宙就會有一個「女神」出來跳舞，出場的次數超多，把全世界所有的舞蹈種類都跳一輪還不夠，需要發明更多種類的舞蹈。但臉上依舊要撲克臉的對格雷說：「還好。」或是：「……或是：嗯……」（悶騷雞AGAIN！）

天啊這女人不去當國際梭哈職業賭徒太可惜了。抽到超好的牌，臉上絕對不會被對手看出來。

女主角有一次去一間公司面試，到了休息室在等待主考官，休息室裡面有一張沙發，女主角內心想說：要是格雷能在這張沙發上我的話……

女人30如狼，40如虎，50蹲地能吸土，這女主角才20歲就已經蹲地能吸土，50的時候想必連地球都能吸起來。面試就面試，到底為何不能專心面試？

連一張休息室的沙發妳都要自體高潮，有！完！沒！完！

IKEA絕對要把妳的海報貼在全球分店的門口，禁止她進入，畢竟裡面充滿了各式沙發，一進去還得了？

IKEA也充滿了櫃子。根據妳跟格雷的偏好，任何非常不符合人體工學的家具你們都要打一輪炮，很容易把櫃子弄壞，要是像IKEA這種組合板的櫃子比較不堅固，你們很容易摔個狗吃屎還開放性骨

折，完全是一級危險禁品。

　　我對於她 forever 陰道很癢這件事情沒有意見，我只是希望她可以尊重一下面試官跟該公司的沙發好嗎？沙發要是知道妳在想什麼一定嚇得魂飛魄散。要是該位主管像影集《噬血真愛》女主角一樣有讀心術，一定立刻打電話報警！哪來的蕭查某面試如此緊張的場合還有空意淫沙發？要是女主角來我家做客，我一定先把我家所有沙發推到儲藏室裡面，她就給我 sit on 地板！我不許妳欺負我家的沙發。我真的懷疑她要是今天要上台用麥克風提報，搞不好看到麥

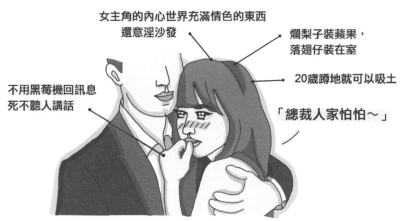

女主角的內心世界充滿情色的東西
還意淫沙發

爛梨子裝蘋果，
落翅仔裝在室

20歲蹲地就可以吸土

不用黑莓機回訊息
死不聽人講話

「總裁人家怕怕～」

小說《格雷的五十道陰影》女主角（叫啥不重要，我記不住）

克風就又在台上自我高潮一次，因為她會想：要是格雷用麥克風對
我……

（自行想像，我實在懶得理她的內心宇宙）

後來，女主角開始上班了，我忘記是不是她意淫沙發的那間公
司錄取她，總之，她就上班了。好險她沒有意淫辦公桌還是電話還
是電腦椅，不然我一定會為桌椅大哭。

當然她持續跟格雷熱戀，格雷送了她一台手機，這樣他們可以
anytime、anywhere熱戀。女主角非常愛使用公司電腦發email跟格
雷聊天，格雷就會用手機回email跟她聊天，然後最後一句說：「用
公司電腦很危險，請用我給妳的黑梅機回我。」

女主角用公司電腦發mail調情。

格雷用手機回mail調情and警告她用黑梅機回。

然後女主角用公司電腦發mail調情。

格雷用手機回mail調情and警告她用黑梅機回。

女主角用公司電腦發mail調情。

格雷用手機回mail調情and警告她用黑梅機回。

然後女主角用公司電腦發mail調情。

格雷用手機回mail調情and警告她用黑梅機回。

女主角用公司電腦發mail調情。

格雷用手機回mail調情and警告她用黑梅機回。

然後女主角用公司電腦發mail調情。

格雷用手機回mail調情and警告她用黑梅機回。

XXX，煩死了！！！我要走進去她辦公室，用黑梅機夯她的頭：用！妳！的！**Fucking**！黑！梅！機！回！

每講一個字就夯她一下頭。

不聽人講話的人絕對是榮登我個人地雷第一名，每個人都有地雷，但我的地雷第一名就是不聽人講話的人，我非常非常非常非常無法跟長時間不聽人講話的人相處，真的是邊相處邊放心經還是樞機主教在我旁邊望彌撒都不會平息我的懶趴火，這真的是我地雷的第一名。我周遭還真的有人是完全不聽人講話的人種，我曾經還問過那個人：「ㄟ，那妳男朋友怎麼跟妳聊天啊？因為妳都不聽人講話耶～」

（我真的這樣問，我太好奇了）

那她回啥？喔她沒回我啊，因為她沒有在聽我講話哈哈哈哈哈哈哈哈哈哈哈！

萬一以後失火了，我對她大喊：失火了失火了！她可能也不會

理我吧～

後來女主角果然就被主管抓到email了啊，格雷真的用錯方法警告了，根據女主角興趣蹲地能吸土，他應該就是在mail最後打：妳再不用黑梅機回mail我今天就不跟妳打炮。

女主角絕對會嚇得立刻掏包包把黑梅機用小鍊子掛在脖子上。畢竟她人生唯一在乎的事情就只有：格雷請幹我。

真的不是我要把話說成這樣，女主角真的ANYTIME、ANYWHERE想著：格雷，請！幹！我！

如果她今天剛好要去非洲救濟兒童，她一定是邊發食物邊想著：格雷，請幹我，格雷，請幹我！

煩 2 號：韓劇《原來是美男》女主角高美男

之前很多表妹留言，很多人跟我一樣，原本覺得美艷的男主角張根碩妖氣非常的重，誰要看這齣戲啊？怎麼會有人喜歡他？WHO ？ WHY ？完全就是男人想要當人妖後來改造到一半突然覺得小後悔～還是當男人好了，所以變成了多0.1度則是人妖但又還不是人妖的美男子狀態。（再次聲明我對張根碩無感，我只是偏好MAN哥。）

不管任何情況，省話一姊永遠只回答⋯⋯

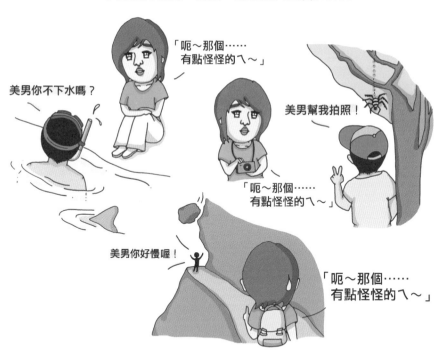

韓劇《原來是美男》女主角 高美男

　　結果，很多人看了這齣戲，陰溝裡翻船，在幽靈海沉船。電腦桌布手機桌布全都換成張根碩，很想多買幾台螢幕，桌布全部換成他；張根碩鈴聲也去下載，別人摳來還是起床號全部都是碩碩的歌聲！

　　有表妹還去參加他的見面會，但其中有一個做到最滿，成為了他後援會會長！天啊太恐怖了太恐怖了，他根本是邪教教主，日月明功陳巧明都要害怕張根碩。我一定會被妖碩洗腦啊。所以我根本不敢看！我太害怕會對妖氣男主角張妖碩沉船。

　　但為了聊表我的誠意，因為太多人逼我看了，所以我冒著生命危險去看了兩集，兩集是不會沉船，我螢幕還有守住好險（公司是瑞典男星 Alexender 家裡是 Lady Gaga）。螢幕對我來說就是總統府，要是被攻占了就是整個國家 Ki 了了。

　　但只靠這兩集我發現，這修女女主角，逼死我。

　　有一次修女陰錯陽差在車頂，張根碩在車後，背對著車。然後，司機回來了，開始倒車。

　　對，如果張根碩不閃開，他就是會被車子撞到領保險金。只要是一個正常的人類，此時都會在車子上大喊：「ㄟ！掐來啊，緊閃！」

　　或是：「車子要撞到你了你會領殘障手冊快走開！」

或是：「car 要來了快點 go ！」

反正不管是用怎樣的方式來表達，反正就是一定會傳達：車來，快閃。

但女主角說：

呃～那個……有點怪怪的ㄟ～

呃～

嗯～啊？（車子停了）

我只能說這種女生就是一級危險物品，萬一我跟她去爬山，我走在前面，巨石落下，她會說：

呃～那個……有點怪怪的ㄟ～

呃～

嗯～啊？（我被砸死了）

這樣是能交往嗎？完全無法共患難！哪天要是男友被浪捲走，她可能也只會跟救生員說：「嗯～那個……有點怪怪的ㄟ～」

煩 3 號：漫畫美少女戰士女主角月野兔

阿兔腦子如果拿去賣一定能賣超好的價錢，為何？因為全新未

拆封使用過。

　　偏偏她就是很好運的當上隊長，可是領導統御的能力死當，**死·當**，送帝寶給老師也還是死當的死·當！

　　而且她剛好跟格雷女主角一樣，有個老境桃：叫做不聽人講話。

　　有幾次戰士們在跟壞蛋幹架的時候，可能其他人分身乏術，就老闆阿兔剛好最閒，由於年代久遠我已經忘記細節，約莫是大家叫阿兔不要把某樣東西給土星，

　　類似是把接骨魔杖給佛地魔這樣。因為土星已經 Ki 笑了，但土星又裝得一副「給我吧沒問題的」樣子。就是蠢貨3000都不會相信。

　　其他戰士說：「不要給不要給，給了就死定了！」

　　阿兔：「我要給！我相信他沒 Ki 笑！」

　　其他戰士說：「拜託妳千萬不要給！真的不可以！」

　　然後，阿兔就，給了。然後，土星果然是 Ki 笑了，然後，大家就差點死翹翹。

　　我只能說別的戰士人真的很好，有這樣的蠢貨3000隊長居然沒人造反，而且水手們全部都是終極警探布魯斯威利 Die Hard，命比鋼筋還硬，居然從頭到尾沒有人因為隊長的北藍送命。要是我是她的隊員，我絕對會被阿兔搞死，但我也絕對會雙手拉著她的那兩條頭髮一起把她拖到地獄。

領導統御的能力死當，死・當！
送帝寶給老師也還是死當的死・當！

「我要代替月亮來懲罰你！」

腦子全新未拆封使用過
還能很好運的當上隊長

眼睛比腦還大

STILL 永遠不聽人講話

漫畫 女主角 月野兔《美少女戰士》女主角 月野兔

給各大總裁：

我想這些作者是不是開過什麼研討會，規定女主角一定要有以下特徵，才會容易大賣？

1. 低能兒

女主角要是太能幹，兩秒就把壞人幹掉，那兩集就要結局了。這樣作者撈太少。不然就事情都做好，男主角沒事幹，這樣也不行。

2. 重聽協會會員

要是女主角要是耳朵功能健全，都會聽別人講話，那這樣別人

就不用重複一直講，這樣又少了很多篇幅。

3.陰道很癢

這個症狀要是初期的話會叫花癡。要是陰道不癢就無法周旋在男男女女之間，會說男男女女是因為很多作品當中不男不女的不管是T還是人妖都會愛上女主角。

4.素顏

太會化妝就無法嫁給高富帥同花順，例：亞洲名媛們，老公都是富，但高跟帥是無緣。

以上四點誠心推薦給想要嫁給高富帥的女孩，你們可以試試看，但不成功的話請不要怪我，因為我也是從這些書本跟戲劇裡面學到的！

換上比腦還大
看起來就很低能無辜的星星眼

買最大號耳塞把耳朵塞住
只有飛機飛過才聽得見

「高富帥歐巴歐滴ㄟ～
人家等得好苦阿～～」

用邋遢素顏抓住歐巴的心！
留下自然不做作的清新小雀斑
是Key point！

就地取材（請自由發揮）
隨時送出「人家下面癢癢」的訊息

婊姐變成超煩女主角，高富帥歐巴必GET！

暑假作業終於寫完了喔耶！
真心感謝表弟妹的支持。
希望這本書可以讓你們歡笑。

by 巨星丹妮

敷完讓人忍不住多瞄你很多眼

AKUMA

水漾 ◇ 奇蹟

保濕導入膜

蘆薈萃取、玻尿酸、水解蠶絲蛋白、金縷梅萃取

4 大明星成分，打造你的奇蹟水漾肌!

單/純/保/濕

給肌膚最基本的運作能量

AKUMA 面膜的三不!

1不: 不添加易造成皮膚刺激的成分

2不: 不使用低成本的廉價粗糙面膜紙

3不: 不添加過多複雜成分，造成皮膚負擔

AKUMA
保濕加強 120%

AKUMA
保濕加強 120%

瞄Me

不想再無感的保濕，而是要有感的水嫩

丹妮婊姐心動推薦

不添加過多無用成分，讓您最安心。
水分直達皮膚，讓肌膚喝到滿滿的玻尿酸
揮別暗沉的乾荒肌，擁有更亮更嫩的少女般容顏!

溫和x單純x慎選配方

台灣生產製造，回購率超高的好口碑面膜
WWW.AKUMA.COM.TW
台灣優質美妝品牌

現在就加入
「AKUMA」
台灣優質美妝品牌粉絲團
👍Like

北衛粧廣字第10404029號

國家圖書館出版品預行編目資料

歡迎光臨丹妮婊姐星球：專屬於二百五Loser的心靈雞
湯／丹妮婊姐作．-- 初版．-- 臺北市：春光出版：家
庭傳媒城邦分公司發行, 2015（民105.6）

面 ； 15x21公分. --

ISBN 978-986-5922-66-5（平裝）

855   104007646

歡迎光臨丹妮婊姐星球

專屬於二百五 Loser 的心靈雞湯

作　　　者 ／丹妮婊姐	企劃選書人 ／林潔欣
內 頁 插 畫 ／恩歐	責 任 編 輯 ／楊秀真

行 銷 企 劃 ／周丹蘋
業 務 主 任 ／范光杰
行銷業務經理 ／李振東
總 編 輯 ／楊秀真
發 行 人 ／何飛鵬
法 律 顧 問 ／台英國際商務法律事務所　羅明通律師
出　　　版 ／春光出版
　　　　　　台北市 104 中山區民生東路二段 141 號 8 樓
　　　　　　電話：(02) 2500-7008　傳真：(02) 2502-7676
　　　　　　部落格：http://stareast.pixnet.net/blog
　　　　　　E-mail：stareast_service@cite.com.tw
發　　　行 ／英屬蓋曼群島商家庭傳媒股份有限公司城邦分公司
　　　　　　台北市中山區民生東路二段 141 號 11 樓
　　　　　　書虫客服服務專線：(02) 2500-7718 / (02) 2500-7719
　　　　　　24小時傳真服務：(02) 2500-1990 / (02) 2500-1991
　　　　　　讀者服務信箱E-mail: service@readingclub.com.tw
　　　　　　服務時間：週一至週五上午9:30～12:00，下午13:30～17:00
　　　　　　劃撥帳號：19863813　戶名：書虫股份有限公司
　　　　　　城邦讀書花園網址：www.cite.com.tw
香港發行所 ／城邦（香港）出版集團有限公司
　　　　　　香港灣仔駱克道 193 號東超商業中心 1 樓
　　　　　　電話：(852) 2508-6231　　傳真：(852) 2578-9337
　　　　　　E-mail：hkcite@biznetvigator.com
馬新發行所 ／城邦（馬新）出版集團　Cite (M) Sdn. Bhd.
　　　　　　41, Jalan Radin Anum, Bandar Baru Sri Petaling,
　　　　　　57000 Kuala Lumpur, Malaysia.
　　　　　　電話：(603) 9057-8822　傳真：(603) 9057-6622
　　　　　　E-mail：cite@cite.com.my

封 面 設 計 ／張福海
照 片 攝 影 ／艾肯攝影工作室
妝　　　髮 ／李湘琦
內 頁 版 型 ／林佩樺
內 頁 排 版 ／極翔企業有限公司
印　　　刷 ／高典印刷有限公司

城邦讀書花園
www.cite.com.tw

■ 2015 年（民 104）6 月 2 日初版
■ 2018 年（民 107）5 月 7 日初版 8.5 刷

Printed in Taiwan. All rights reserved.

售價／380元

104 台北市民生東路二段 141 號 11 樓

英屬蓋曼群島商家庭傳媒股份有限公司

城邦分公司

- -

請沿虛線對折，謝謝！

遇見春光‧生命從此神采飛揚

春光出版

書號：	OO0005	書名：	歡迎光臨丹妮婊姐星球：專屬於二百五 Loser 的心靈雞湯

讀者回函卡

謝謝您購買我們出版的書籍！請費心填寫此回函卡，我們將不定期寄上城邦集團最新的出版訊息。

姓名：＿＿＿＿＿＿＿＿＿＿＿＿＿＿＿＿＿＿

性別：□男　□女

生日：西元 ＿＿＿＿＿＿ 年 ＿＿＿＿＿＿ 月 ＿＿＿＿＿＿ 日

地址：＿＿＿＿＿＿＿＿＿＿＿＿＿＿＿＿＿＿＿＿

聯絡電話：＿＿＿＿＿＿＿＿＿＿　傳真：＿＿＿＿＿＿＿＿＿

E-mail：＿＿＿＿＿＿＿＿＿＿＿＿＿＿＿＿＿＿＿＿

職業：□ 1. 學生 □ 2. 軍公教 □ 3. 服務 □ 4. 金融 □ 5. 製造 □ 6. 資訊

　　　□ 7. 傳播 □ 8. 自由業 □ 9. 農漁牧 □ 10. 家管 □ 11. 退休

　　　□ 12. 其他 ＿＿＿＿＿＿＿＿＿＿＿＿＿＿＿＿＿＿

您從何種方式得知本書消息？

　　　□ 1. 書店 □ 2. 網路 □ 3. 報紙 □ 4. 雜誌 □ 5. 廣播 □ 6. 電視

　　　□ 7. 親友推薦 □ 8. 其他 ＿＿＿＿＿＿＿＿＿＿＿＿＿＿

您通常以何種方式購書？

　　　□ 1. 書店 □ 2. 網路 □ 3. 傳真訂購 □ 4. 郵局劃撥 □ 5. 其他 ＿＿＿

您喜歡閱讀哪些類別的書籍？

　　　□ 1. 財經商業 □ 2. 自然科學 □ 3. 歷史 □ 4. 法律 □ 5. 文學

　　　□ 6. 休閒旅遊 □ 7. 小說 □ 8. 人物傳記 □ 9. 生活、勵志

　　　□ 10. 其他 ＿＿＿＿＿＿＿＿＿＿＿＿＿＿＿＿＿＿